ullstein

Teju Cole

Jeder Tag gehört dem Dieb

Roman

Aus dem Englischen
von Christine Richter-Nilsson
Mit Fotografien des Autors

Ullstein

Besuchen Sie uns im Internet: www.ullstein.de

Wir verpflichten uns zu Nachhaltigkeit
- Papiere aus nachhaltiger Waldwirtschaft und anderen kontrollierten Quellen
- ullstein.de/nachhaltigkeit

Jeder Tag gehört dem Dieb ist ein fiktionales Werk.
Sämtliche Namen, Figuren, Schauplätze und Handlungen sind
Erfindungen des Autors oder werden fiktiv verwendet.
Ähnlichkeiten mit lebenden oder toten Menschen,
Ereignissen oder Schauplätzen sind rein zufällig.

MIX
Papier | Fördert
gute Waldnutzung
FSC® C014496

Neuausgabe im Ullstein Taschenbuch
1. Auflage März 2024
© für die deutschsprachige Neuausgabe
Ullstein Buchverlage GmbH, Berlin 2024 / Ullstein Verlag
© 2007, 2014 by Teju Cole
Alle Rechte der deutschen Übersetzung von Christine Richter-Nilsson
© Carl Hanser Verlag München
Die Originalausgabe erschien 2014 unter dem Titel
Every Day Is For the Thief bei Random House, New York.
In einer früheren Version erschien der Text 2007
bei Cassava Republic Press, Abuja, Nigeria.

Das Motto auf Seite 7 stammt aus Maria Benets Gedicht
»Three American-Style Studies of a Landscape Rendered Foreign«, in
Mapmaker of Absences, Sixteen Rivers Press, San Francisco 2005.
Das Zitat auf Seite 118 stammt aus Tomas Transtömers Gedicht
»Minusgrade«, aus dem Schwedischen von Hanns Grössel, in Sämtliche
Gedichte, Carl Hanser Verlag, München 1997.

Umschlaggestaltung: Marion Blomeyer
Titelabbildung: © Teju Cole

Wir behalten uns die Nutzung unserer Inhalte für Text und Data Mining
im Sinne von § 44b UrhG ausdrücklich vor.
Gesetzt aus der Aldus nova Pro
Satz: Pinkuin Satz und Datentechnik, Berlin
Druck und Bindearbeiten: ScandBook, Litauen
ISBN 978-3-548-06950-0

Für Karen
und für meine Eltern
und Jeremy und Bibi

The window was one of many,
the town was one. It was the only one,
the one I left behind.

    – Maria M. Benet, *Mapmaker of Absences*

Gbogbo ojo ni t'ole, ojo kan ni t'oni nkan.
Jeder Tag gehört dem Dieb, doch ein Tag
gehört dem Besitzer.

    – Sprichwort der Yoruba

1

Am Morgen meines Konsulatsbesuchs wache ich spät auf. Während ich meine Unterlagen zusammensuche, rufe ich im Krankenhaus an und gebe Bescheid, dass ich erst am Nachmittag komme. Dann steige ich in die U-Bahn und fahre zur Second Avenue. Das Konsulat ist problemlos zu finden. Es erstreckt sich über mehrere Stockwerke eines Wolkenkratzers; ein fensterloses Zimmer im achten Stock dient als Büro für konsularische Dienste. Es ist Montagvormittag, und die meisten Besucher sind Nigerianer mittleren Alters. Die Männer sind kahlköpfig, die Frauen aufwendig frisiert, und ich zähle doppelt so viele Männer wie Frauen, dazwischen ein paar unerwartete Gesichter: ein großer, italienisch aussehender Mann, ein Mädchen ostasiatischer Herkunft, Afrikaner anderer Nationalitäten. Jeder Besucher zieht beim Betreten des düsteren Raumes eine Nummer aus einer roten Maschine. Die Auslegeware ist schmutzig und hat dieselbe undefinierbare Farbe wie überall sonst in öffentlichen Räumen. An der Wand hängt ein Fernseher. Das Bild ist schlecht, aber man erkennt, dass eine Nachrichtensendung läuft. Nach einigen Minuten sind die Nachrichten zu Ende, und die Übertragung eines Fußballspiels zwischen Enyimba und einem tunesischen Klub beginnt. Die Leute im Raum füllen Formulare aus.

Ich sehe genauso viele blaue amerikanische Pässe wie grüne nigerianische. Die meisten der Anwesenden lassen sich einer der folgenden drei Kategorien zuordnen: eingebürgerte US-Amerikaner, Personen mit amerikanischer und nigerianischer Staatsbürgerschaft, und Nigerianer, die ihre amerikanischen Kinder zum ersten Mal mit in die alte Heimat nehmen. Ich gehöre zur Gruppe der doppelten Staatsbürger und bin hier, weil ich einen neuen nigerianischen Pass brauche. Nach zwanzig Minuten wird meine Nummer aufgerufen. Während ich mich mit meinen Formularen dem Schalter nähere, nehme ich dieselbe Bittstellerhaltung an, die ich bei den anderen beobachtet habe. Der schroffe junge Mann hinter der Glasscheibe fragt, ob ich die Zahlungsanweisung mitgebracht habe. Nein, sage ich. Ich dachte, man könne bar zahlen. Er deutet auf einen Hinweis an der Scheibe: »Bitte kein Bargeld, wir akzeptieren ausschließlich Zahlungsanweisungen.« Der Mann trägt ein Namensschild. Laut Website des Konsulats beträgt die Gebühr für einen neuen Pass fünfundachtzig Dollar, doch nirgendwo steht, dass man nicht mit Bargeld zahlen kann. Ich verlasse das Gebäude und laufe zur fünfzehn Minuten entfernten Grand Central Station, stelle mich an, kaufe eine Zahlungsanweisung und laufe wieder fünfzehn Minuten zurück zum Konsulat. Als ich ankomme, sind vierzig Minuten vergangen, und das Wartezimmer ist voll. Ich ziehe eine neue Nummer, stelle die Zahlungsanweisung auf das Konsulat aus und warte.

Eine kleine Gruppe hat sich um den Schalter versammelt. Einer der Männer bearbeitet lauthals den Beamten, nachdem dieser ihm mitgeteilt hat, sein Pass sei um fünfzehn Uhr fertig. Inständig bittet er:

– Abdul, mein Flieger geht um fünf, bitte, ich brauche den Pass sofort. Ich muss nach Boston zurück, bitte, geht es nicht schneller?

Seine Stimme klingt flehend, er strahlt Verzweiflung aus, was durch sein schäbiges Äußeres – braune Hose und braunes Polyestersweatshirt – betont wird. Ein strapazierter Mensch in strapazierten Klamotten. Abdul spricht durchs Mikrophon:

– Was soll ich machen? Der Beamte, der unterschreiben muss, ist noch nicht hier. Kommen Sie um drei wieder.

– Hier, hier, mein Ticket. Bitte, Abdul, sehen Sie. Mein Flug geht um fünf. Ich darf ihn nicht verpassen. Ich darf ihn auf keinen Fall verpassen.

Der Mann bettelt weiter und schiebt ein Stück Papier unter der Scheibe hindurch. Abdul betrachtet das Ticket mit demonstrativem Widerwillen und spricht dann mit gereizter, gedämpfter Stimme in das Mikro:

– Was bitte soll ich machen? Der Zuständige ist nicht hier. Wenn es unbedingt sein muss, setzen Sie sich. Ich werde sehen, was ich tun kann. Aber ich kann nichts versprechen.

Der Mann schleicht davon, woraufhin sofort mehrere andere aufspringen und mit ihren Dokumenten zum Schalter drängen.

– Bitte, ich brauch meinen auch gleich. Bitte, können Sie meinen nicht einfach zu seinem legen?

Abdul ignoriert sie und ruft die nächste Nummer auf. Einige der Männer tigern weiter vor seinem Schalter hin und her, andere setzen sich wieder auf ihre Plätze. Einer von ihnen, ein junger Mann mit einer himmelblauen Mütze, reibt sich immer wieder die Augen. Einige Reihen vor mir stützt ein älterer Herr seinen Kopf in die Hände und sagt laut, ohne jemanden anzusehen:

– Das hier sollte ein freudiger Anlass sein. Ist es nicht so? Eine Heimkehr ist ein Grund zur Freude.

Zu meiner Rechten füllt ein Mann die Formulare

für seine Kinder aus. Von ihm erfahre ich, dass er vor Kurzem seinen Pass erneuern ließ. Ich frage ihn, wie lange es gedauert hat.

– Na ja, normalerweise dauert es vier Wochen.

– Vier Wochen? In drei Wochen geht schon mein Flug. Und auf der Website steht, ein Reisepass wird innerhalb einer Woche ausgestellt.

– Theoretisch schon. Praktisch auch, aber nur wenn man eine Expressgebühr von fünfundfünfzig Dollar bezahlt. Mit Zahlungsanweisung.

– Davon ist auf der Website keine Rede.

– Natürlich nicht. Aber so habe ich es gemacht. Ich hatte keine Wahl. Und ich bekam meinen Pass in einer Woche. Natürlich ist die Expressgebühr nicht offiziell. Die Leute hier, das sind Gauner. Sie nehmen die Zahlungsanweisung, und zwar ohne Quittung, dann buchen sie den Betrag aufs Konto, und von dort aus wandert er in ihre eigenen Taschen.

Er macht eine Geste mit der Hand, als würde er eine Schublade herausziehen. Genau das habe ich befürchtet: die direkte Konfrontation mit Korruption. Ich bin mental darauf vorbereitet, ihr am Flughafen von Lagos zu begegnen, aber hier in New York trifft mich die dreiste Aufforderung zur Bestechung unvorbereitet.

– Ich werde darauf bestehen, dass sie mir eine Quittung ausstellen.

– Mein Junge, warum willst du dir Stress machen? Das Geld knöpfen sie dir sowieso ab, aber du kannst vergessen, dass sie dir deinen Pass pünktlich ausstellen. Mal ehrlich: Willst du den Pass, oder willst du ihnen was beweisen?

Er hat recht, und dennoch: Hat nicht genau diese beiläufige Komplizenschaft unser Land so tief sinken lassen? Die Frage steht uns beiden vor Augen, doch sie bleibt unausgesprochen. Als meine Nummer endlich aufgerufen wird, ist es elf durch. Alles läuft genauso ab, wie er es mir vorhergesagt hat. Der Beamte verlangt eine Expressgebühr von fünfundfünfzig Dollar, zusätzlich zu den fünfundachtzig, die der Pass kostet. Die Beträge sollen auf zwei Zahlungsanweisungen verteilt werden. Zum zweiten Mal an diesem Morgen verlasse ich das Gebäude, um eine Zahlungsanweisung zu kaufen. Ich beeile mich und kehre erschöpft Viertel vor zwölf zurück, fünfzehn Minuten bevor der Schalter schließt. Diesmal ziehe ich keine Nummer. Ich remple mich zum Schalter vor und reiche Abdul das Formular mit den erforderlichen Anweisungen. Er sagt, der Pass sei in einer Woche abholbereit. Er stellt eine Quittung aus, aber nur über den ursprünglichen Betrag. Schweigend nehme ich sie entgegen, falte sie zusammen und stecke sie ein. Am Ausgang neben den Aufzügen hängt ein halb zerrissenes Blatt mit der Aufschrift: »Helfen

Sie uns bei der Bekämpfung von Korruption! Sollte ein Konsulatsbeamter Sie zur Zahlung von Schmiergeld auffordern, wenden Sie sich bitte diskret an den Generalkonsul.«

Doch es ist weder eine Telefonnummer noch eine E-Mail-Adresse angegeben. Mit anderen Worten, ich kann den Generalkonsul nur durch Abdul oder einen seiner Kollegen erreichen. Und der Generalkonsul hält wahrscheinlich selbst die Hand auf. Vielleicht gehen dreißig oder fünfunddreißig Dollar der »Expressgebühr« direkt an den Big Boss. Beim Hinausgehen sehe ich noch einmal Abduls Gesicht. Er ist bereits mit anderen Antragstellern beschäftigt. Das alles ist eine Farce – getarnt durch die gepflegte Aufforderung: »Bitte kein Bargeld.«

2

Es ist früher Abend, als sich die Maschine den Elends-
vierteln außerhalb der Stadt nähert. Sanft und stufen-
weise sinkt sie zur Erde, als würde sie langsam eine
unsichtbare Treppe hinabschreiten. Vom Rollfeld aus
wirkt der Flughafen trostlos. Er ist nach einem toten
General benannt und der Inbegriff schlechter Siebzi-
gerjahre-Architektur. Mit dem schmuddeligen weißen
Anstrich und den endlosen Reihen kleiner Fenster
ähnelt das Hauptgebäude einem billigen Mietshaus.
Der Airbus der Air France setzt auf. Mit der herein-
strömenden Luft macht sich sofort Erleichterung in
den Kabinen breit. Ein paar Fluggäste applaudieren.
Kurze Zeit später drängen wir in Richtung Ausgang.
Mit schweren Taschen beladen, versucht sich eine Frau
durch den Mittelgang zu schieben. »Warte«, ruft sie
ihrem Reisebegleiter nach, so laut, dass alle es hören,
»ich komme.« Und in diesem Moment spüre auch ich

sie, die Ekstase der Ankunft, dieses irrationale Gefühl, dass jetzt alles gut wird. Fünfzehn Jahre sind eine lange Zeit; so lange war ich nicht zu Hause. Sie fühlt sich noch viel länger an, wenn man sich davongestohlen hat.

Ausstieg, Passkontrolle und Gepäckausgabe rauben uns mehr als eine Stunde. Der Himmel füllt sich mit Schatten. Ein Mann beschwert sich bei einem lustlosen Zollbeamten über die Ineffizienz.

– Das ist ein internationaler Flughafen, da müsste alles viel besser organisiert sein. Ist das der erste Eindruck, den wir von unserem Land vermitteln wollen?

Der Beamte zuckt mit den Schultern und sagt, dass Leute wie er ja nach Hause zurückkommen und es besser machen könnten. Während wir darauf warten, dass das Gepäckband die Koffer ausspuckt, spricht mich ein Weißer an. Er hat einen Akzent, und ich frage ihn, ob er Schotte sei. »Aye«, sagt er und erzählt mir, dass er auf den Bohrinseln arbeitet.

– Hab mich gestern in Paris volllaufen lassen und bin ausgeraubt worden. Kreditkarte weg, verdammte Froschfresser. Aber die Champs-Élysées, der Hammer! Das Hirn hab ich mir weggeballert. Mann, war ich hinüber.

Er grinst. Seine Zähne sind metallbespickt. Er trägt einen Ohrring, rötliche Bartstoppeln sprießen aus dem

Kinn. Zu Europas feiner Gesellschaft gehört er nicht, aber er wird hier gut verdienen.

– Krieg' erst morgen einen Flieger nach Port Harcourt. Das heißt, erst einmal eine Nacht im Sheraton. Da, wo die Stewardessen absteigen, wenn du verstehst, was ich meine.

Ich nicke. Endlich kommen meine Taschen, sie sind feucht und verschmutzt. Ich hieve sie auf einen Gepäckwagen. Auf dem Weg nach draußen bedeutet mir ein Beamter in Zivil anzuhalten. Er sitzt neben dem Ausgang und scheint keine wirkliche Funktion zu haben. Er ist einfach nur da. Er fragt mich, ob ich Student sei. Irgendwie schon, ja. Ich nehme an, dass diese Lüge die Dinge beschleunigen wird.

– Dachte ich mir. Sie sehen so aus. Und wo studieren Sie?

NYU, sage ich, die Antwort hätte vor drei Jahren noch gestimmt. Er nickt.

– In New York sitzt das Geld locker. Dollars, jede Menge.

Wir schweigen kurz. Dann kommt sotto voce und auf Yoruba seine Forderung:

– *Ki le mu wa fun wa*? Hast du mir kein Weihnachtsgeschenk mitgebracht? Du weißt schon, in New York sitzt das Geld locker.

Mitgebracht habe ich nur meine Entschlossenheit.

Ich ignoriere ihn und rolle meine Koffer nach draußen, wo Tante Folake und ihr Fahrer auf mich warten. Als wir unsere Umarmung lösen, hat sie Tränen in den Augen. Der verlorene Sohn. Erneut umarmt sie mich und lacht herzlich.

– Du hast dich überhaupt nicht verändert! Wie ist das möglich?

Von außen sieht der Flughafen besser aus, majestätischer als beim Anflug. Die Eingänge sind verstopft mit Verwandten der Passagiere und mit noch viel mehr Schleppern, Abzockern und allen möglichen Leuten, die da sind, weil sie nicht wissen, wo sie sonst hingehen sollen.

3

Auf dem Weg vom Flughafen geraten wir am Kreisverkehr in Ikeja in den Feierabendstau. Wütend knurren sich die Motoren an, und unter der knapp zwanzig Meter entfernten Überführung streiten sich zwei Polizisten. »Hau ab«, brüllt der eine den anderen an. »Warum stehst du immer hier, Mann? Warum bleibst du nicht auf deiner Seite?« Er zeigt auf die gegenüberliegende Seite des Kreisverkehrs.

Einen Moment lang scheint der andere Polizist tatsächlich versucht einzulenken, doch dann zögert er seine Reaktion hinaus. Ihre Meinungsverschiedenheit hat bereits die Blicke der Fußgänger auf sich gezogen, und er möchte nur ungern sein Gesicht verlieren. Beide Männer sind schlank und dunkel, tragen grauschwarze Uniformen und haben Maschinengewehre geschultert. Verwirrt und schweigend stehen sie da, wie zwei Schauspieler, die ihren Text vergessen haben.

Eine Schar Berufspendler gafft sie aus sicherer Entfernung an.

Tante Folake erklärt, was vor sich geht. An dieser Stelle hält die Polizei routinemäßig gewerbliche Fahrzeuge an und fordert von den Fahrern Schmiergelder. Der abgekanzelte Polizist ist offenbar zu weit ins Terrain seines Kollegen vorgedrungen. Wenn zwei abkassieren, schadet das dem Geschäft, weil die Fahrer wütend werden. Die Szene findet ausgerechnet unter einer Anschlagtafel statt, auf der steht: »Korruption ist strafbar. Das Bezahlen oder Annehmen von Schmiergeldern ist verboten.«

Und wie viel Regierungsgelder, frage ich mich, hat sich die Agentur abgezweigt, die den Auftrag an Land gezogen hat, diese Hinweisschilder zu installieren?

Es ist ein großer Unterschied, von der »informellen Wirtschaft« in Lagos nur zu hören oder sie tatsächlich zu erleben. Sie setzt jeden unter Druck. Etwa fünfzehn Minuten zuvor haben wir an der Airport Road eine Mautschranke passiert. Auch sie befand sich unterhalb einer großen Anzeigentafel, die Bestechung anprangert und die Bürger ermahnt, die Verhältnisse im Land zu verbessern. Uns wurden zweihundert Naira abverlangt, der angezeigte und akzeptierte Betrag. Allerdings wissen geschäftstüchtige Fahrer wie unserer, dass sie die Schranke auch zum halben Preis passieren können, indem sie die hundert Naira direkt in die Tasche des Mautbeamten bezahlen. »Für zweihundert bekommt man eine Quittung«, sagte unser Fahrer, »für hundert nicht. Aber was soll ich mit einer Quittung? Ich brauch diesen Wisch nicht!« Und so zahlen täglich Tausende Fahrer die inoffizielle Maut und füllen die Taschen der Kassierer und ihrer Vorgesetzten. Die Forderung des Einwanderungsbeamten am Flughafen, die Maut-Geschichte, die Polizei in Ikeja – innerhalb von fünfundvierzig Minuten bin ich mit drei eindeutigen Fällen von behördlicher Korruption konfrontiert.

Noch bevor wir an diesem Abend zu Hause ankommen, ist mein Blick auf diese Zahlungen differenzierter geworden. Wir halten in Ogba an, um Brot zu kaufen. Ogba kommt irgendwann nach Ikeja und liegt am Ende der Agidingbi Road. Am Eingang des Ladens grüßt uns ein Wachmann und hält die Tür auf. Als wir einige Minuten später das Gebäude wieder verlassen, folgt er uns etwa zwanzig Meter auf unserem Weg zum Wagen und bittet um Trinkgeld. Es ist keine Forderung; eher eine freundliche Bitte, als würde er einem Kind etwas erklären.

– Haben Sie nicht etwas für mich, Sir?

Er trägt die helle Uniform eines Sicherheitsdienstes, aber keine Waffe. Als meine Tante den Kopf schüttelt, schüttelt er entschuldigend seinen Kopf, lächelt und verschwindet. Am Auto angekommen, spricht uns eine dünne Frau an und bittet um etwas Kleingeld für die Heimfahrt. Ich sehe sie nicht kommen; sie steht plötzlich in ihrem zerlumpten *iro* und *buba* vor mir. Sie ist klein und sieht krank aus. Eine kleine Frau ohne Namen, Teil der Welt, die jenseits der glitzernden Handelsbanken, schicken Restaurants und Luxuslimousinen liegt. Die Menschen, die plötzlich vor einem stehen, die vielen, die von diesen kleinen Spenden leben.

Die Nacht sinkt ohne Vorwarnung herab. Zum ersten Mal nach fünfzehn Jahren atme ich die Luft der Stadt ein, ihren weißen Rauch, ihren ockergelben Staub, so vertraut wie mein eigener Atem. Doch es gibt andere, weniger greifbare Dinge, die mich zum Fremden machen. Das Leben in einer westlichen Demokratie hat mich geprägt, ich habe bestimmte Vorstellungen von Rechtsstaatlichkeit. Und die Heimfahrt vom Flughafen hat mich auf einen Gedanken gebracht, der sich im Laufe der folgenden Tage bestätigen wird: Lagos ist zu einer Günstlingswirtschaft geworden.

Geld, das je nach Kontext in größeren oder kleineren Beträgen fließt, ist ein soziales Schmiermittel. Es öffnet Türen und erhält dabei die Hierarchien. Fünfzig Naira für den Mann, der einem beim Ausparken hilft, zweihundert Naira für den Polizeibeamten, der einen mitten in der Nacht ohne ersichtlichen Grund anhält, zehntausend Naira für den Abfertigungsbeamten, der die eingeführte Kiste durch den Zoll schleust. Für jede Transaktion die angemessene Summe, die die Dinge ins Rollen bringt. Wenn mir allerdings jemand Geld abverlangt, dessen Finger über dem Auslöser einer Kalaschnikow schwebt, ist das kein Trinkgeld mehr, sondern Lösegeld, doch das scheint außer mich niemanden zu bekümmern. Ich habe das Gefühl, dass meine Sorge darüber ein Luxus ist, den sich nur wenige leisten können. Das Geben und Nehmen von Schmiergeld, Trinkgeld, Lösegeld, Almosen – die Grenzen sind da fließend – ist für viele Nigerianer keine Frage der Moral, sondern ein gelindes Ärgernis oder ein Mittel zum Zweck: Es sorgt dafür, dass etwas erledigt wird, und genau dafür ist Geld ja da.

Geld muss fließen, den Besitzer wechseln, das ist der Lauf der Dinge. Nur in Extremfällen haftet solchen Praktiken ein wirklicher Makel an, beispielsweise im Fall des kürzlich verurteilten Generalinspekteurs der Polizei. Tafa Balogun hatte Milliarden gestohlen und damit vielen Polizisten die Lebensgrundlage entzogen, was ein Grund dafür ist (wenn auch nicht der einzige), dass diese nun ihrerseits Autofahrer erpressen. Dabei stört es kaum jemanden prinzipiell, dass Balogun Geld unterschlagen hat. Ein hoher Regierungsbeamter, der öffentliche Mittel veruntreut, ist vollkommen normal. Verärgert sind die Leute darüber, dass er in so kurzer Zeit so viel genommen hat. Viele sind der Ansicht, dass er nicht verhaftet worden wäre, hätte er eine gewisse Zurückhaltung an den Tag gelegt und nur hie und da etwas beiseitegeschafft. Seit Beginn der nationalen Anti-Korruptions-Kampagne ist Balogun einer der wenigen ranghohen Regierungsbeamten, die wegen Korruption vor Gericht gelandet sind. Am Tag nach meiner Ankunft wird das Urteil verkündet: Balogun wird der Unterschlagung von geschätzten vierzehn Milliarden Naira schuldig befunden und mit sechs Monaten Gefängnis bestraft. Sechs Monate – für etwas mehr als hundert Millionen Dollar. Dabei besteht kein Anlass zur Annahme, dass dies der drastischste Fall von Diebstahl war. Jeder vermutet, dass die Korruption bis in die höchsten Regierungskreise reicht: Auftragsvergaben, Abfindungen, Öldiebstahl. Später verbreiten die Zeitungen das Gerücht, Tafa Balogun sei im Gefängnis gestorben. Wie, wann und warum, das scheint niemand zu wissen, und es interessiert auch keinen. Als sich herausstellt, dass das Gerücht nicht der Wahrheit entspricht, reagieren die Leute einmal mehr mit einem Achselzucken.

Die meisten Polizisten verdienen zwischen zehn- und fünfzehntausend Naira monatlich. Das sind umgerechnet nicht einmal hundert Dollar. Davon kann man nicht leben. Ein Freund meines Onkels arbeitet bei der Einwanderungsbehörde und wurde irgendwann in einen anderen Bundesstaat versetzt, in eine etwas abgelegene Gegend. Seine Weigerung, Bestechungsgelder anzunehmen, wirkte sich negativ auf die Einkünfte seiner Kollegen aus; sie konnten ihre Familien nicht mehr versorgen. Man sorgte dafür, dass er erneut versetzt wurde, irgendwohin, wo er weniger störte. In der Armee sind die Gehälter ähnlich niedrig und werden zudem unregelmäßig ausgezahlt. Und ausgerechnet diese schwer bewaffneten und schlecht bezahlten Männer sind mit dem Schutz der Bürger betraut.

Die informelle Ökonomie sorgt dafür, dass viele Menschen in Lagos ihren Lebensunterhalt bestreiten können. Doch Korruption in Form von Piraterie und Bestechung bedeutet auch, dass die meisten Leute im Abseits bleiben. Die Systeme, die eine Mehrheit der Menschen aus der Armut herausholen könnten, werden an jeder Stelle ausgehöhlt. Weil jeder eine Abkürzung nimmt, funktioniert nichts, und das ist wiederum der Grund, abermals eine Abkürzung zu nehmen, um überhaupt etwas erledigt zu bekommen. Am besten kommt dabei der weg, der das meiste bietet oder bereit ist, Gesetze zu brechen.

Wenige Minuten nach unserer Ankunft im Haus

meiner Tante und meines Onkels fällt der Strom aus. Für sie kommt dieser unvermittelte Entzug nicht überraschend. Er gehört zum allnächtlichen Ritual. Doch ich bin nicht mehr daran gewöhnt. Ich schlafe unruhig, schrecke hoch und verfolge die Schatten, die rastlos über die Betonwände flackern. Die Luft ist heiß, durchzogen von den Gespenstern der Vergangenheit und dem Dunst von Petroleum.

4

Am nächsten Morgen werde ich von einer sanften Musik geweckt: Der Gebetsruf des Muezzin schwebt über das bewaldete Tal, das sich zwischen dem Haus und dem Minarett eröffnet. Ich stehe auf und tapse durch das Haus. Alle anderen schlafen noch, mein Onkel und meine Tante, ihre Kinder und der Hausangestellte. Der Strom ist noch nicht an. Sonnenlicht sickert ins Wohnzimmer. Ich mache Tee. Aus einer anderen Richtung durchdringt ein Hahnenschrei den arabischen Singsang. Aus der Ferne riecht es nach gekochtem Essen.

Von der Veranda hinterm Haus kann man direkt in die Schlucht blicken. Die Aussicht versetzte mich früher bei jedem Besuch in Erstaunen, und während meiner Abwesenheit schweiften meine Gedanken immer wieder dorthin zurück. Inzwischen ist die Schlucht alles andere als unberührt. Bäume sind abgeholzt und große Grundstücke aus dem Gelände herausgeschnitten worden. Hässliche Bauten in verschiedenen Stadien der Fertigstellung ragen empor. Weiße Satellitenschüsseln klammern sich wie Rankenfußkrebse an den Häusern fest. Weiter weg steht eine halb errichtete evangelikale Mega-Kirche. Der Wald ist auf verlorenem Posten. Doch noch ist der Tag nicht angebrochen, und alles ist ruhig. Ich stehe auf der Veranda und trinke meinen Tee. Von hier aus betrachtet, hat die Schlucht etwas Ursprüngliches und wird einer gewissen Vorstellung von Afrika immer noch gerecht: keine Benzindämpfe, keine glitzernden Wolkenkratzer, keine sechsspurigen Autobahnen. Afrika als undurchdringlicher Busch. Der Morgenhimmel ist rastlos. Dunkle Wolken formieren sich zu Klumpen und lösen sich nach und nach wieder auf. Das Licht zieht Silberstreifen über den weiten Himmel. Ich leere meine Tasse und gehe zurück ins Haus.

Die Flure des Hauses sind breiter geworden. Der Boden wurde mit weißen Kacheln ausgelegt, die sich kurioserweise weich anfühlen. Es kommt mir vor, als wäre ich in den Jahren nach meinem letzten Besuch geschrumpft oder als hätte sich das Haus in der Hitze langsam ausgedehnt; in jedem Monat meiner Abwesenheit ein paar Zentimeter weiter, bis es seine heutige Größe erreicht hatte. Der Türrahmen ist so hoch und so breit, dass eine Akrobatenfamilie in Formation hindurchgehen könnte. Und auf einmal stehen sie da, direkt vor mir: die oberen auf den Schultern der unteren, die Gliedmaßen sternförmig aufgefaltet, so manövrieren sie sich vorsichtig durch die Türöffnung.

Das Haus ist natürlich so groß wie eh und je. Nur meine Erinnerung hat es verkleinert abgebildet – die Erinnerung und die jahrelange Erfahrung beengter englischer Wohnungen und amerikanischer Apartments, in denen ich die vergangenen Jahre verbracht habe, Einschränkungen, die ich über mich ergehen ließ wie ein Prinz im Exil. In diesem Moment, im kühlen Inneren dieses großartigen Hauses in Afrika, stellen sich die wahren Größenverhältnisse wieder her. Kein einzelner Körper könnte in einem solchen Haus einen Raum dominieren. Selbst das Badezimmer macht mich zum Zwerg. Immer wieder trete ich durch das Portal, das Wohnzimmer und Flur verbindet, als würde ich es testen. Und jedes Mal setzt mich seine Weitläufigkeit in Erstaunen.

Teile dieser Geschichte sind schon erzählt worden: der breite Durchgang, die Akrobaten. Es sind Szenen aus einem Buch, das ich liebe. Aus einem Traum, der in dem Buch beschrieben wird, um genau zu sein. Doch sind diese Szenen für mich heute weniger real, weil sie ein anderer irgendwo und irgendwann schon erlebt hat? Weil sie von einem Schriftsteller auf seinem

Weg zurück zum Sri Lanka seiner Vorfahren bereits aufgezeichnet, in seinem Traum gedruckt wurden? Dies ist jetzt meine Geschichte, nicht seine. Ich bin im Haus meiner Tante. Doch an seine Stelle ist jenes andere Haus getreten, das Haus der verschwundenen Geschichten, das zerstörte Haus meiner Kindheit. Staunend wandert mein Blick hinauf zur Decke, und als ich ihn wieder senke, sehe ich gerade noch, wie die Kleinste der Akrobaten fester zugreift. Der Menschenstern ist gesichert.

5

Eines der auffälligsten Zeichen der Vitalisierung der nigerianischen Wirtschaft ist die zellenartige Vervielfachung von Internetcafés. Als ich Nigeria verließ, gab es keine, mittlerweile findet man sie in jedem Stadtteil, insgesamt muss es in Lagos Hunderte geben. Das Internetcafé steht für den Kontakt zur restlichen Welt, es ist das Symbol für das Ende von Nigerias Isolation. Dieses Bedürfnis nach Verbindung gibt es in vielen anderen großen Ländern, die ihre Armut abzuschütteln versuchen. Der Zugang zu Computern ist also ein Zeichen von Fortschritt. Während Indien die Software-Branche erobert hat und Länder wie China, Indonesien und Thailand erfolgreich in die Fertigungsindustrie vorgestoßen sind, ist Nigerias Beitrag eher bescheiden. Genau genommen beschränkt er sich derzeit auf den kreativen Missbrauch des Internets, der da heißt: Vorkassebetrug.

Dieses Delikt, im Volksmund bekannt als »419«, nach dem entsprechenden Paragrafen im nigerianischen Strafgesetzbuch, ist eine einheimische Spezialität. Bisher war sie mir nur als Empfänger von E-Mails bekannt, in denen gegen Vorauszahlung einer kleinen Gebühr große Anteile irgendwelcher Fonds versprochen wurden. In amerikanischen Zeitungen hatte ich gelegentlich von Betroffenen gelesen, doch das Ausmaß des Schwindels konnte ich bislang nur erahnen. Mein Blick auf »419« ändert sich am Morgen nach meiner Ankunft in Lagos, als ich dem Tomsed Cyber Café in der Nähe der Bushaltestelle in Ojodu einen Besuch abstatte. Das Tomsed befindet sich etwa fünfzehn Minuten Fußweg vom Haus meiner Tante entfernt im ersten Obergeschoss eines Gebäudes, in dem man drucken, telefonieren und faxen kann. Der Raum mit den Computern ist klimatisiert, mit Neonröhren ausgeleuchtet und verfügt über vierundzwanzig Rechner, die über Einwahldienste mit dem Internet verbunden sind. Eine Stunde Surfen kostet einhundert Naira, etwa siebzig amerikanische Cent. Unabhängig von ihrer Ausstattung ist die Preisgestaltung in allen Internetcafés der Stadt bemerkenswert einheitlich, und das ohne eine behördliche Regulierung. In den mindestens sieben Internetcafés, die ich nach und nach aufsuche, zahlt man mehr oder weniger dasselbe wie hier.

Fast alle Plätze sind besetzt. Die meisten Kunden sind junge Männer mit einem charakteristischen Aussehen: hageres Gesicht, kurz gestutztes Haar. Sie tragen kurzärmelige Hemden und sind zwischen zwanzig und vierzig. Nachdem ich bezahlt habe, setze ich mich hin und warte darauf, dass die Internetseite geladen wird. Der Mann neben mir schreibt gerade eine E-Mail, er tippt mit einem Finger, frei nach dem Adlersuchsystem. Er drückt eine Taste, dann sucht er nach dem nächsten Buchstaben, drückt erneut eine Taste und so weiter. Erst ist es nur seine Ein-Finger-Methode, die meine Aufmerksamkeit weckt, doch als mein Blick nicht ganz zufällig auf seinem Text landet, stockt mir der Atem. Der Wortlaut ist eindeutig: »überweisen Sie«, »lieber Freund«, »wird unverzüglich auf Ihr Konto eingezahlt«. Er schreibt eine 419-E-Mail. Zufällig bin ich auf den Ursprung des weltberühmten digitalen Treibguts gestoßen.

Ich fühle mich, als hätte ich die Quelle des Nils oder Nigers entdeckt. Der Mann tippt weiter, unbeirrbar wie ein pickendes Huhn. Über ihm hängt ein großes gelbes Schild an der Wand, das in schwarzen Blockbuchstaben warnt: »AN UNSERE KUNDEN: An allen Arbeitsplätzen des Tomsed Cyber Café ist eine Überwachungssoftware installiert, die 419-Mails registriert. Jeder Kunde, der sich an solchen Aktivitäten beteiligt, wird der Polizei übergeben. DIES IST EINE WARNUNG!« Der Mann kennt also das Risiko und macht trotzdem weiter. Er wirft sein Netz ins Ungewisse aus, getrieben von einem Drang, dem er schon so oft nachgegeben hat, dass er zum Instinkt geworden ist. Später sehe ich noch andere Männer mit demselben verschlagenen Gesichtsausdruck, und sie alle tippen fleißig ihre Briefe oder surfen durch die Chatrooms von Yahoo und Microsoft, um ihre Opfer einzufangen. Nachdem ich mehrmals Zeuge solcher Szenen geworden bin, verwandelt sich mein Entdeckungseifer in Ärger.

Ich frage meinen Cousin Muyiwa, was er über 419 weiß. Er erzählt mir, dass die Schaltzentren dieser Aktivitäten die Universitäten seien; auch seine Alma Mater, Osun State, sei keine Ausnahme. Die meisten Jungs wollen Geld verdienen, um auf großem Fuß leben und den Kommilitonen auf dem Campus imponieren zu können. Sie nennen die Masche »neunzehn« (eine Abkürzung von 419) und sich selbst »Yahoo-Boys« oder einfach nur »Yahoo-Yahoos«. Sie arbeiten zwar auch tagsüber an ihren E-Mails, ziehen aber die Nächte vor, wenn ihnen die Cafés Preisnachlässe gewähren. Im Schutz der Dunkelheit arbeiten die Yahoo-Yahoos vollgetankt mit Kaffee und unbemerkt von Zensoren.

Yahoo-Yahoos kämpfen ihren persönlichen Schattenkrieg und zerstören damit, was vom guten Ruf ihres Landes noch übrig ist. Ihr Erfolg beruht auf der Gutgläubigkeit von Ausländern, die ihnen offenbar immer noch in großer Zahl in die Falle gehen. Vermutlich ist etwas dran an der Aussage, dass Betrüger und Betrogene einander verdienen: Sie sind Teil einer Gesellschaft der gegenseitigen Demütigung. Wieder einmal sitze ich in einem Cyber-Café, lasse meinen Blick nach rechts wandern – dieses verstohlene Mitlesen wird schnell zur Gewohnheit – und sehe, dass der »Vorsitzende des Staatlichen Ölministeriums« einen Brief aufsetzt. Der Autor ist ein ungepflegt aussehender Mann, der ganz augenfällig Vorsitzender von gar nichts ist. Andere Briefe werden von den Erben erfundener Magnaten versendet oder von Ölbaron-Witwen oder von Rechtsvertretern eingekerkerter Generäle, sie sind Beispiele origineller Erzählkunst, ihre Geschichten wiederholen sich in immer fantasievolleren Varianten, und wie im Märchen wird der beste Geschichtenerzähler reichlich belohnt. Lagos, eine Stadt der Scheherazaden.

Lange E-Mail-Listen werden aus einer Seite herausgeschnitten und in eine andere eingefügt. Die Männer wirken mit der Eindringlichkeit und der Fokussiertheit von Wünschelrutengängern auf ihre Leser ein, führen sie auf fantastische Pfade und überzeugen sie mit kaum verhüllter Verzweiflung. Wieder und wieder werden die Netze ausgeworfen, denn beißt nur ein Einziger an, geht nur ein einziges Opfer ins Netz, so hat sich das stundenlange Anstarren des flirrenden Bildschirms gelohnt und das Risiko ausgezahlt, von der Polizei erwischt zu werden. Mit einem Vorkassebetrug von zehntausend Dollar hat ein Yahoo-Yahoo für Monate ausgesorgt, doch viele fischen nach größeren Gewinnen. Dieses Gewerbe wird von Gier getrieben. Es ist unkontrollierbar, weil es völlig dezentralisiert funktioniert. Ich muss an *Gullivers Reisen* denken, das ich als Schüler in Lagos las. Auf Lemuel Gullivers vierter und letzter Reise führt ihn seine Vorliebe für die pferdeähnlichen Houyhnhnms zu einem Geschlecht von äußerst ungehobelten Kreaturen. Swift tauft die für Gullivers Geschmack etwas zu menschenähnlichen Wesen »Yahoos«. Die Yahoo-Yahoos sind insofern eine hübsche Verkehrung von Marx' Diktum über die Geschichte: Sie traten zuerst als Farce im Land der Houyhnhnms in Erscheinung und erst danach, in Nigeria, als Tragödie.

Die Behörden tun, was sie können, um die Yahoo-Yahoos zu bekämpfen. In allen Cafés hängen Warntafeln, und vor vielen Eingängen stehen Polizisten oder Soldaten. Der Soldat, den ich vor dem Tomsed beobachte, hält zärtlich seine Tommy Gun im Arm und unterhält das Personal mit Witzen, während die Männer rechts und links von mir ihre krummen Geschäfte treiben. Ich frage Muyiwa, ob es überhaupt Festnahmen gibt, und er sagt, man könne recht häufig beobachten, wie ein Polizist einen Yahoo-Yahoo abführt. Er zerrt ihn hinaus, droht mit Haft und Folter und verlangt schließlich ein hohes Bußgeld, um die fünfzigtausend Naira, also mehr als dreihundert Dollar. Das landet natürlich direkt in seiner Tasche. Es ist ein ewiges Abführen und Laufenlassen. Der Yahoo-Yahoo nimmt sich vor, das nächste Mal vorsichtiger zu sein, dann sucht er sich ein neues Internetcafé und geht wieder an die Arbeit.

6

Eines Morgens steht plötzlich ein Kind im breiten
Gang des Hauses und begrüßt mich. Ich rasiere mich
gerade und bin nicht auf Besuch vorbereitet. Das
Mädchen nennt mich bei meinem Namen und teilt
mir ihren mit. Wir haben uns noch nie gesehen, doch
wir erkennen uns gleich: Wir sind Cousin und Cousine. Sie wurde als jüngste Tochter des kleinen Bruders
meines Vaters geboren, nachdem ich von zu Hause
weggegangen war, und bis zu diesem Moment wussten wir voneinander allein vom Hörensagen. Doch
wir lernen uns so schnell kennen, dass ich mich bald
nicht mehr erinnern kann, sie jemals nicht gekannt zu
haben. Sie bewegt sich schwerelos – wie Sonnenlicht,
schießt es mir durch den Kopf. Wir sitzen stundenlang auf dem Sofa und sehen fern. Sie bringt mir alles
über die neuesten Filme und die größten Musikstars
bei. Ich habe ihr Schokolade und einen Rucksack mit-

gebracht, es ist also ein fairer Deal. Fasziniert lausche ich ihren begeisterten Ausführungen und staune über ihr undurchschaubares Schweigen und ihre Gelassenheit. Nichts ist zerbrechlicher und kraftvoller als die Vollkommenheit eines Kindes. Sein Vertrauen ist das größte Wunder.

Als ich einen Monat später abreise, sagt sie mir, dass sie mich vermissen wird, und ich weiß, dass auch sie mir fehlen wird. Schmerzlich wird mir bewusst, dass jeder meiner guten Wünsche für dieses Land eigentlich ihr gilt. Jedes meiner Gebete für eine bessere Zukunft spreche ich für sie.

7

Meine Tante hält es für keine gute Idee. Ihr Bruder, mein Onkel Bello, stimmt ihr zu. Ihr Mann weiß nicht so recht, scheint aber auch eher dagegen zu sein. Alle sind der Ansicht, ich solle auf keinen Fall mit dem Danfo-Minibus fahren. Der Danfo ist eine tödliche Falle, ein Nährboden für schwarze Magie, und in den Bussen wimmelt es nur so von Dieben. Wie jeder weiß.

– Aber früher bin ich ständig mit dem Danfo zur Highschool gefahren, sogar mit dem Molue, der ist noch größer und noch gefährlicher.

– Tja, das ist lange her. Du bist nicht mehr so hart im Nehmen. Du kennst die Straße, klar. Aber Amerika hat dich verweichlicht, ob's dir passt oder nicht.

Onkel Tunde, Tante Folakes Mann, findet es drollig, dass ich öffentliche Verkehrsmittel nutzen will. Er fahre zwar auch mit dem Bus, aber er sei ja auch nicht zu Besuch aus Amerika. Onkel und Tante sehen darin einen weiteren Beweis meiner Exzentrizität. Warum nicht bis morgen warten, dann könnte mich der Fahrer mitnehmen? Mein Reiseziel sei so weit weg und die Route so kompliziert, da könnte einiges schiefgehen. Sie verstehen nicht, dass es mir genau darum geht: unterwegs zu sein, mit dem Danfo, auf den Straßen. Und ich spüre keinen Impuls, es ihnen verständlich zu machen. Also halten sie sich daran fest, wie eigensinnig ich schon als Kind war, damals, bevor mein Vater starb.

Ich will gerade aufbrechen, als Besuch eintrifft. Es ist ein junger Mann, der Gatte von Onkel Tundes Cousine. Meine Tante fragt ihn, ob er ein Auto hat. Das hat er. Und ehe ich mich versehe, hat sie ihn überredet, mich den langen Weg nach Lagos Island zu fahren. Jetzt begreife ich, worum es hier geht: darum, seine Privilegien nicht aus der Hand zu geben. Alle tun das. Und alle wissen, wie man aus jeder Situation ein Maximum an Annehmlichkeiten herausschlägt und sich von der »Masse« abhebt. Das ist nicht nur aus Sicherheitsgründen notwendig, sondern auch in sozialer Hinsicht. Tante Folake hat schon seit fünfundzwanzig Jahren keinen Fuß mehr in einen Bus gesetzt, oder wie sie es selbst formuliert: »Lieber fahre ich überhaupt nicht, als in einem dieser Dinger!« Ich bin schon kurz davor nachzugeben, aber dann finde ich die Situation zu absurd und sage:

– Moment mal. Dieser Mann hat eigene Pläne. Ich schaff' das schon allein. Ich will nicht, dass jemand Umwege für mich fährt. Er kommt zu Besuch, und im nächsten Moment machen wir ihn zum Chauffeur, das geht doch nicht.

Mein Einwand hat Gewicht. Ich verlasse die Wohnsiedlung, und binnen weniger Minuten stehe ich am Ojodu/Berger-Busterminal, inmitten eines wahren Ansturms auf meine Sinne. Es ist kurz vor halb zehn, und es wimmelt von Leuten. So sehr mich meine Familie vom Stadtleben abschotten möchte, so sehr brenne ich darauf, genau dieses Leben kennenzulernen. Der Danfo, das Transportmittel der Massen, ist das perfekte Symbol für unseren Widerstreit. Alles, was Lagos ausmacht – die Kreativität, die Tücke, die Doppelbödigkeit –, kommt an den Busbahnhöfen zusammen. An keinem Ort erkenne ich besser, was mir so gefehlt hat, wenn ich mich wieder einmal nach zu Hause sehnte.

Der typische Lagos-Danfo ist gelb und heruntergekommen. Er hat vierzehn Sitze, zwei vorn beim Fahrer, dahinter drei Reihen mit je vier Sitzen. Der Bus wird von zwei Leuten betrieben: dem Fahrer und dem Schaffner, auch »Tout« genannt. An den typischen Busterminals, etwa in Ojota, Yaba, Ikeja oder Ojodu, schwirren die Schreie der Touts durch die Luft. Die Idee ist, den Bus so schnell wie möglich vollzubekommen und loszulegen. »Jotajota-jotajota« – das ist der Danfo nach Ojota. »Kejakejakeja. Kejakeja straight« – die Expressverbindung nach Ikeja. Die Rufe der Touts erheben sich aus dem Verkehrslärm wie ein Chor von Kantoren und Auktionsausrufern. »Balende-CMS, Balende-CMS, Balende-balende-balende.«

Ein Tout zu sein ist nicht irgendein Job. Es ist eine Lebensweise, ein Destillat purer Haltung: die Brust geschwollen, der Körper geschmeidig und gespannt, das Kinn gereckt und keine Widerrede duldend. Jeder Tout hat dieselbe Mit-mir-nicht-Attitüde, dasselbe hitzige Temperament, dieselbe Bereitschaft, sich auf jeden Konflikt einzulassen. Und er hat diesen Gang: ein Tout geht nicht, er paradiert. Touts sind in Lagos der Prototyp des coolen Checkers – und dabei manchmal nicht älter als vierzehn. Sie gehen nicht nach Feierabend nach Hause und hören auf, Touts zu sein. Sie sind Touts mit Leib und Seele. Aber auch, wer nicht zum Tout berufen ist, imitiert ihre Körpersprache. Jeder, der in den Straßen von Lagos unterwegs ist, muss dieses ungetrübte Selbstbewusstsein an den Tag legen. Die kleinste Unsicherheit im Blick oder Gang fällt auf, und Auffallen ist nicht gut. Jeder Blickkontakt mit einem Fremden muss eine unmissverständliche Botschaft haben: »Glaub mir, du willst dich nicht mit mir anlegen.« Diese Straßen sind voll von Leuten, die nur nach Opfern suchen. Leuten, die geübt darin sind, Schwäche förmlich zu riechen.

Mein Onkel Bello, ein gut gebauter Mann Mitte vierzig, erzählte mir einmal, dass er auf dem Weg zum Markt von Oshodi belästigt wurde. Ein Mann bedrängte ihn auf der Fußgänger-Überführung und forderte Geld. Mein Onkel überlegte kurz und gab ihm zweihundert Naira. Der Mann blieb unbeeindruckt.

– Das reicht nicht. Ich will tausend.

Onkel Bello erzählte, dass er einzuschätzen versuchte, ob er es darauf ankommen lassen oder klein beigeben sollte. Er entschied sich für das Erste. Und bereute es, denn der Typ wurde extrem aggressiv.

– Wie, nein? Was soll das jetzt? Ich mach dich fertig. Ich mach dich fertig. Schau mal da runter. Gleich hängst du da. Ich werfe dich runter!

Meinem Onkel blieb kaum ein Ausweg. Wenn er ihm die tausend Naira gab, konnte es sein, dass der Typ ihm sein gesamtes Geld abnahm. Oder ihn zwang, die Hose auszuziehen und auf allen vieren durch den Dreck zu kriechen oder etwas ähnlich Demütigendes. Andererseits sah er so aus, als könnte er seine Morddrohungen wahr machen.

Onkel Bellos Instinkt riet ihm, Feuer mit Feuer zu bekämpfen. Er hatte lange in Europa gelebt und in den Achtzigerjahren in Krakau Betriebswirtschaft studiert.

Er sprach noch immer fließend Polnisch. Andererseits stammte er aus einer relativ armen Familie und hatte sich schon als Kind allein durchschlagen müssen. Er kannte die Regeln der Straße. Er schrie den Typen an:

– Mich willst du fertigmachen? *Mich*? Hast du keine Augen im Kopf? Weißt du eigentlich, wen du vor dir hast? Schau genau hin, bevor du weiter die Fresse aufreißt. Ich werde dir sehr wehtun, ich werde dich töten. Hast du mich gehört? Du bist tot. Weißt du, wen du vor dir hast? Hä? Noch ein Wort, und deine Frau ist Witwe!

»Und währenddessen«, fügte mein Onkel mit einem kehligen Lachen hinzu, »habe ich am ganzen Leib gezittert.« Doch der Typ nahm ihm die Show ab und flehte um Vergebung. Onkel Bello gab ihm noch zweihundert Naira, und dann trennten sich ihre Wege. Ungefähr drei Dollar hatten den Besitzer gewechselt. Beide hatten die Geschichte überlebt. Lagos.

Ich dränge mich durch die Menschenmenge, mein Handy und eine kleine Digitalkamera habe ich in den Vordertaschen meiner Jeans verstaut. Ich ziehe die Schultern zurück, spanne die Gesichtsmuskeln an und kneife die Augen zusammen. Ich muss aufpassen, es nicht zu übertreiben, und zuerst weiß ich nicht genau, wie ich das damals hingekriegt habe, aber es dauert nicht lange, dann habe ich es wieder drauf. Es geht darum, eine Art Lauerstellung zur Schau zu tragen, während man innerlich ruhig und aufmerksam ist. Und man muss bereit sein, Gewalt anzuwenden, wenn es die Situation verlangt. Ich werde nicht auf allen vieren kriechen und wie ein Hund bellen, das habe ich mir geschworen. Und ich weiß, dass meine verhältnismäßig helle Haut mich zu einer Zielscheibe machen könnte.

Problemlos finde ich einen Bus in Richtung Obalende und CMS. Er ist weder solider noch klappriger als die anderen. Sie sind alle nicht besonders gut in Schuss, aber sie funktionieren. Ich steige ein und quetsche mich in der hintersten Reihe zwischen zwei Männer. Einer trägt eine himmelblaue Baseballkappe und hat ein geschwollenes Auge. Der andere Mann ist älter und liest Zeitung. Der Bus füllt sich schnell, und wir beginnen zu schwitzen. Jemand schiebt ein Fenster auf, und eine kühle Brise streicht durch den Bus. In diesem Moment sehe ich sie.

8

Der vorletzte Fahrgast, der den Bus besteigt, ist eine Frau in einer Adire-Bluse. In der Hand hält sie ein großes Buch mit einem gebrochen weißen, mattglänzenden Schutzumschlag. Trotz meiner Bemühungen kann ich ihr Gesicht nicht erkennen. Doch als sie sich hinsetzt, gelingt es mir, den Titel des Buches und den Namen des Autors zu lesen. Was ich da sehe, lässt mein Herz bis zum Hals pochen: Michael Ondaatje. Er, der von den Akrobaten in einem großen Haus träumte. Und jetzt liest ihn jemand hier in diesem Bus. Das passt nicht zusammen, und ich wäre nicht überraschter gewesen, wenn sie ein Lied aus *Des Knaben Wunderhorn* angestimmt hätte.

Natürlich wird in Nigeria gelesen. Es gibt die Zeitungsleser, wie der Herr neben mir. Zeitschriften jeglicher Art und religiöse Literatur sind sehr beliebt. Doch einen Erwachsenen, der in einem Danfo anspruchsvolle Belletristik liest, trifft man so häufig wie einen weißen Raben. Der Alphabetisierungsgrad in Nigeria ist niedrig, geschätzte siebenundfünfzig Prozent der Bevölkerung können lesen und schreiben. Und nur die wenigsten derer, die lesen können, lesen Bücher. Wenn ich, was selten genug vorkommt, jemanden lesen sehe, dann entweder Boulevardblätter oder Groschenromane von Mills & Boon oder religiöse Traktate, die den Gläubigen ein »glorreiches Leben« versprechen. In einer solchen Umgebung hat das Geistesleben kaum eine Chance. Als wir die Hochstraße in Ojota hinter uns gelassen haben, löst sich der Feierabendstau auf. Wir nehmen Fahrt auf, durch das offene Fenster bläst der Wind, und im Bus wird es erstaunlich kühl. Mein Sitznachbar legt seine Zeitung zur Seite und nickt ein. Die anderen Fahrgäste starren ins Leere. Die Frau, von der ich nur Tuch und Schultern sehe, liest.

Mysteriöse Frau. Soweit ich das sehen konnte, ist das Buch neu. Wo hat sie es wohl gekauft? Mir fallen nur zwei oder drei Buchläden in Lagos ein, die es im Sortiment haben könnten. Und wenn sie es in Lagos gekauft hat, wie viel hat sie dafür ausgegeben? Mehr, als jeder andere Fahrgast im Nahverkehr von Lagos als vernünftig erachten würde, so viel steht fest. Wieso fährt sie überhaupt mit dem Bus? Weil sie sich nur öffentliche Verkehrsmittel leisten kann? Oder weil auch sie etwas exzentrisch ist? Immer mehr Fragen, die ohne Antwort bleiben. Ich sehne mich danach, mit meiner geheimen Mitwisserin zu sprechen, über die ich, da ich diese eine Sache weiß, zugleich so viel mehr weiß.

– Verehrte Dame, was hältst du von Ondaatjes labyrinthischen Sätzen, was von seiner sinnlichen Sprache? Wie wirken seine eindringlichen Bilder auf dich? Ist es nicht schwer, sich in diesem Chaos auf die Poesie seiner Prosa zu konzentrieren, umgeben von schwatzenden Menschen, bedrängt vom Körpergeruch des schwitzenden Touts? Ich sehe sie alle und glaube doch nur an dich.

Während ich ihren Hinterkopf betrachte, läuft in meinem Kopf ein innerer Monolog ab. Ich hoffe, dass sie wie ich nach CMS muss und nicht schon vorher aussteigt, und schon sehe ich mich aus dem Bus springen und neben ihr herlaufen und sie ausfragen. Ich sehe mich zu ihr sagen, mit diesem wilden Blick, der allen gemeinsam ist, die endlich einen Gleichgesinnten gefunden haben: »Wir müssen reden. Wir haben so viel gemeinsam. Ich kann es erklären.« In der letzten Reihe des Danfo sammele ich Mut. In Lagos misstraut man Fremden, ich muss die richtigen Worte finden, um ihr Vertrauen zu gewinnen. Wir überqueren die Third Mainland Bridge von Yaba nach Lagos Island. Im Schatten der Wolkenkratzer werfen halbnackte Männer auf Einbaum-Kanus Netze in der Lagune aus. Die Arbeit von Armen und Schultern. Ich muss an Audens Zeilen denken: *Poetry makes nothing happen.* Poesie bewirkt nichts. Der Bus hält in Obalende. Sie steigt aus, und mit dem Buch in der Hand verschwindet sie binnen Sekunden in der bücherlosen Menge. Sie ist fort, vergangen, und doch in mein Gedächtnis gebrannt. Flüchtig wie ein Bild, das mit weit offener Blende aufgenommen wurde.

9

Unter dem weißen Baldachin haben bis zu dreißig Personen Platz. Das Programm hat bereits begonnen, als einer der letzten Gäste eintrifft. Es ist eine wohlgerundete Frau mit der Ausstrahlung einer Königin. Der Platzanweiser geleitet sie zu einem Platz in der Nähe des Stehtisches, und als sie meine Tante erblickt, erstrahlt sie. Ich sitze mit meinen Cousinen und Cousins mehrere Reihen weiter hinten und erkenne sie nicht.

– Das? Das ist Mrs Adelaja.

Mrs Adelaja? Nur langsam dämmert mir, von wem die Rede ist. Ich habe sie nie getroffen, aber schon von ihr gehört: Tante Folake und sie waren jahrelang Kolleginnen im Ministerium. Und kurz nachdem ich Nigeria verlassen hatte, ist Mrs Adelaja eine ziemlich gute Freundin der Familie geworden. Muyiwa erklärt:

– Sie hat ihren Mann verloren.

– Oh, ja, ich glaube, ich habe davon gehört. Wie traurig.

– Ja, aber noch trauriger ist, wie es passierte.

Um uns herum sind die Reden und Rituale der Verlobungsfeier in vollem Gange. Auf der anderen Seite des Podiums spricht gerade ein Familienmitglied der künftigen Braut ins Mikrofon. Ihr Name ist Alaba, sie ist Bankerin in Kapstadt und nicht anwesend. Ihr Bräutigam, der Cousin meines Cousins Dayo, ist heute mit der gesamten Familie gekommen, um sich offiziell seinen künftigen Schwiegereltern vorzustellen.

– Das war 1998. Bewaffneter Raubüberfall, sagt Muyiwa.

Die Haut von Mrs Adelaja glüht in warmen Ockertönen, und ihre klugen Augen blitzen jedes Mal auf, wenn sie etwas sagt oder lacht. Von meinem Platz aus beobachte ich sie aufmerksam. Sie dürfte Mitte fünfzig sein.

– Bewaffnete Männer sind nachts in ihr Haus eingedrungen und haben alle aufgeweckt. Die Eltern, die Kinder und die Hausangestellten.

– Sie haben ihn erschossen?

– Nein.

In den Neunzigern war die Zahl der Hausüberfälle in Lagos extrem hoch. Sie kommen immer noch vor, jedoch nicht mehr so häufig. Auch meine Familie hatte zwei Begegnungen mit bewaffneten Einbrechern, die erste während der Sommerferien, als ich bei Tante Folake zu Besuch war. Die Männer waren bereits ins Grundstück eingedrungen, bekamen aber die Panzertüren des Hauses nicht auf. Wir verschanzten uns in der Toilette des elterlichen Schlafzimmers, während uns die Eindringlinge von außen bedrohten. Sie gaben nicht auf und rammten immer wieder gegen die massive Vordertür. Kurz vor Tagesanbruch gaben sie sich endlich geschlagen und verschwanden mit den letzten Ausläufern der Nacht. Erst lange nach Sonnenaufgang trauten wir uns hinter den Barrikaden hervor. Einer der Räuber musste sich bei der Flucht über den mit Glasscherben gespickten Zaun verletzt haben, denn wir entdeckten Blut. Wir folgten der roten Spur auf dem Betonboden um das Haus herum bis zur Vordertür. Blutstropfen, zurückgelassen wie unheilvolle Blütenblätter.

Einige Jahre später kehrten die Einbrecher – oder andere wie sie – zurück. Zu dem Zeitpunkt war ich bereits nach Amerika gegangen. Diesmal schafften sie es ins Haus. Sie schlugen Onkel Tunde ins Gesicht und ohrfeigten Muyiwa, der damals acht Jahre alt war. Sie nahmen sämtliche Elektrogeräte, den Schmuck und das Bargeld mit. Jahrelang schlief Tante Folake nicht mehr durch. Onkel Tunde schaffte sich eine Waffe an.

Er benutzte sie nicht, feuerte niemals auch nur einen Probeschuss ab. Sie hing nur da und rostete an der Schlafzimmerwand vor sich hin – ein mysteriöses Objekt in den eigenen vier Wänden, wie ein Requisit in einem Tschechow-Drama, das vergeblich auf seinen Einsatz wartet.

– Sie haben das Haus leergeräumt, und als sie verschwanden, haben Sie Mr Adelaja mitgenommen.

Eine witzige Bemerkung des Moderators lässt die Familien von Braut und Bräutigam in lautes Gelächter ausbrechen. Die Brautfamilie hat Apricot als Leitfarbe gewählt, also tragen alle Gäste apricotfarbene Kopfbedeckungen aus demselben Stoff. Muyiwa und ich blicken gleichzeitig auf, als alle loslachen. Dann senken wir die Blicke wieder, und Muyiwa erzählt weiter.

– Sie schlossen ihn im Kofferraum seines Wagens ein und fuhren zum Haus seines Nachbarn. Dort zerrten sie ihn heraus und nötigten ihn, in die Gegensprechanlage zu sagen: »Ich bin es, Ihr Nachbar. Ich brauche Hilfe. Bitte, öffnen Sie die Tür.« Da war es zwei Uhr morgens. Mr Adelaja war einer der Menschen, denen man immer, zu jeder Tages- und Nachtzeit, die Tür öffnen würde. Man respektierte ihn, die Nachbarn kannten ihn, er war beliebt. So kamen die Räuber ins Haus des Nachbarn und räumten ab. Dann verschleppten sie auch ihn und ließen die Frau und die Töchter wimmernd und flehend zurück. Jetzt sind schon zwei Männer im Kofferraum, und sie können hören, wie die bewaffneten Räuber ihre Strategie diskutieren: Sie haben unsere Gesichter gesehen, sie kennen unsere Stimmen. Wir müssen sie töten. Und dann laufen sie um den Wagen herum und öffnen den Kofferraum und schießen auf Mr Adelaja, zwei Schüsse, einen in den Bauch und einen in den Kopf. Den Nachbarn lassen sie am Leben, vermutlich wollen sie ihn noch an ein paar Hauspforten als Köder einsetzen. Dann schließen sie den Kofferraum, fahren weiter und kommen in eine Polizeikontrolle. Sie geraten in Panik, springen aus dem Wagen und verschwinden im Wald. Als die Polizei den Wagen untersucht, finden sie zwei Männer im Gepäckraum, beide blutüberströmt, doch nur einer ist noch am Leben.

Muyiwa schüttelt den Kopf. Mein Blick sucht wieder nach Mrs Adelaja, doch nichts an ihr lässt ihre Trauer oder die schreckliche Demütigung erahnen. Denn das haben diese Schweine ihr aufgebürdet: Die Erinnerung an die Liebe ihres Lebens wird für immer an die entwürdigenden Ereignisse jener Nacht gekoppelt sein. Ich sehe die beiden vor mir, wie sie zu Bett gingen, ein in die Jahre gekommenes Ehepaar wie so viele andere. Vielleicht haben sie sich zärtlich eine gute Nacht gewünscht oder sich wegen irgendeiner Kleinigkeit gestritten, nicht ahnend, mit welcher Gewalt sie bald auseinandergerissen werden würden. Ich stelle mir die Wochen und Monate danach vor, ihr schönes Gesicht, von Schmerz entstellt. Und wie sie nach und nach neuen Lebensmut fasst und die Kraft wiederfindet, für ihre Kinder da zu sein; eine seelische Stärke, die jenseits meines Vorstellungsvermögens liegt. In diesem Moment empfinde ich es als großes und schmerzhaftes Wunder, dass sich nach sieben Jahren nichts mehr davon auf ihrem Gesicht abzeichnet.

Unter dem weißen Baldachin serviert die Brautfamilie jetzt Softdrinks, Jollof-Reis und Moin Moin. Ich betrachte die Mitglieder der Familie des Bräutigams, meine Familie. Die Männer tragen violette Aso-Oke-Kappen und die Frauen farblich korrespondierende, prachtvolle *gele*. Ich sehe meine Familie und die Leben, die unerbittlich verändert wurden. Jedes Gesicht, das mein Blick streift, lässt mich innehalten. Ich sehe Tante Arinola, Onkel Tundes ältere Schwester, deren Ehemann auf einem Markt in Benin City zusammenbrach und dessen Leichnam stundenlang einfach ignoriert wurde. Zwei Plätze neben ihr sitzt Mr Hassan, ein herzlicher Mann und Freund der Familie, der Patenonkel meines Cousins Adebola; seine Frau, mit der er siebenundzwanzig Jahre verheiratet war, kam letztes Jahr bei einem Autounfall ums Leben. Und ich denke an mein Leben, meinen Verlust. Die Erinnerungen an Vater sind substanzlos geworden, sie beschränken sich auf einige wenige Ereignisse: eine Geburtstagsparty, ein Strandausflug, ein abendliches Gespräch in der Küche, als ich einen Fisch putzte und er am Esstisch irgendwelche Papiere durchging, die er aus dem Büro mitgebracht hatte. Ich weiß nicht einmal mehr, um was es an jenem Abend ging. Ich weiß nur noch, dass ich an den Kiemen herumsägte, während er immer wieder von seinem Aktenstapel aufblickte und antwortete. Manchmal versuche ich, mir sein Gesicht an jenem Abend wieder in Erinnerung zu rufen, doch es gelingt mir nicht. Ich besitze Fotos von ihm, doch ich weiß nicht mehr, wie mein Vater aussah.

Die Luft unter dem Baldachin ist erfüllt vom Duft des Essens. Wir reichen Teller mit Reis und Huhn nach hinten weiter, bis jeder etwas hat. Die unsichtbare Vergangenheit dieses Festtages wie jedes anderen Tages:

In langer Reihe folgten ihm, gezwungen,
So viele Leute, dass ich kaum geglaubt,
Dass je der Tod so vieles Volk verschlungen.

10

Pastor Olakunle schreitet auf der Bühne auf und ab. Er sprüht vor Energie. Er bleibt stehen, stiert in die Kamera, hält seine Bibel hoch und entblößt mit breitem Grinsen seine blendend weißen Zähne. Tief schnaufend keucht er ins Mikrofon: Gott ist gut. Gott ist *guuuut*. Pastor Olakunle hat den Gläubigen etwas mitzuteilen. Der Herr hat ihm diese mächtigen Worte aufgetragen, gelobt sei der Herr. Gott will nicht, dass du krank wirst, Gott will nicht, dass du stirbst. Wenn du nur an ihn glaubst. Sollst. Du. Geheilt. Werden, gelobt sei der Herr. Unser Gott ist kein armer Gott, er ist kein unglücklicher Gott. Seine wahren Anhänger werden weder arm noch unglücklich sein.

Pastor Olakunle trägt einen Anzug aus Seide, seine Schuhe sind aus feinstem Leder, und er spricht mit amerikanischem Akzent, wie es sich für einen wohlhabenden Mann gehört, gelobt sei der Herr. Pastor

Olakunle ist berauscht von der Freude, die der Herr bringt. Er springt auf und nieder. Und da ist noch etwas, sagt er, etwas Wunderbares: Wenn du den Glauben gefunden hast, wirst du nie wieder krank sein. Ja, du hast richtig gehört. Der Herr wird jede Krankheit aus deinem Leben verbannen. Du wirst geheilt werden, im allmächtigen Namen Jesu.

Pastor Olakunle besitzt mehrere Mercedes-Limousinen. Es ist schwer zu sagen, ob sein Erfolg an den von Pastor Michael heranreicht, der, wie alle wissen, einen Rolls-Royce und einen Lear Jet besitzt, gelobt sei der Herr, doch gerade auf unerklärliche Weise zu Tode gekommen ist. Die Wege des Herrn sind unergründlich. Doch unser Gott ist kein armer Gott, und Pastor Olakunle geht es sehr gut. Seine Kirche, die Church of the New Generation, ist brechend voll, gelobt sei der Herr, und als er die Botschaft der ewigen Heilung verkündet, streckt eine Frau im Publikum aus Ehrfurcht vor dem Namen des Allmächtigen eine Hand in die Höhe, erhebt sich und fällt in Ohnmacht.

11

Adebola, Muyiwas Bruder, war gerade zur Welt gekommen, als ich Nigeria verließ. Heute ist er Schüler
an einer Senior Secondary School und überlegt, in ein
oder zwei Jahren zur Universität zu gehen. Er ist ein
kluger Junge, nachdenklich und liebenswürdig, und
zählt zu den zwanzig Besten seiner Jahrgangsstufe, die
aus über zweihundertfünfzig Schülern besteht. Er be-
sucht die Mayflower School in Ikenne im Bundesstaat
Ogun, die seit 1956 existiert und eine der angesehens-
ten Internatsschulen Nigerias ist. Ihr Gründer war Tai
Solarin, ein Querdenker, der von den wechselnden Mi-
litärjuntas, die Nigeria in Grund und Boden regierten,
verfolgt und schikaniert wurde. Er starb 1994, und bei
vielen Nigerianern genießt er bis heute hohes Ansehen. Grund dafür ist sein unermüdlicher Einsatz für
allgemeine Schulpflicht und kostenfreie Grundschul-
bildung in Nigeria.

– Tai Solarin war ein Humanist.

– Das stimmt. Und weißt du, was ein Humanist ist?

– Natürlich. Ein Humanist glaubt nicht an Gott.

– Nein, Adebola. Das ist nicht die Definition von Humanismus.

– Tai Solarin ist ein Humanist. Und Tai Solarin glaubt nicht an Gott.

– Beides stimmt, aber das eine folgt nicht aus dem anderen. Humanisten glauben an die Menschheit, sie würdigen die menschlichen Fähigkeiten und Möglichkeiten. Jemand, der nicht an Gott glaubt, ist ein Atheist.

– Ein Humanist ist jemand, der nicht an Gott glaubt. So haben wir es in der Schule gelernt.

12

Man geht auf den Markt, um Teil der Welt zu werden. Wie alle weltlichen Angelegenheiten erfordert ein Marktbesuch äußerste Vorsicht. Als Quintessenz der Stadt birgt er dieselben Chancen und Gefahren und bietet unendlich viele Spielarten der Begegnung mit Fremden. Wachsamkeit ist gefordert. Alle sind dort, nicht nur, um zu kaufen oder zu verkaufen, sondern um eine Pflicht zu erfüllen. Wenn man zu Hause bleibt, wenn man nicht auf den Markt geht, wie erfährt man dann von der Existenz der anderen? Wie erfährt man von der eigenen Existenz?

Als ich um den Preis einer handgeschnitzten Maske feilsche und ins Yoruba wechsle, beginnt der Händler nervös zu lachen. »Okay, *oga*«, sagt er, »ich hätte nicht gedacht, dass Sie die Sprache sprechen, ich hätte gedacht, Sie sind ein *oyinbo* oder ein Ibo!« Ich bin irritiert. Welche subtilen Zeichen haben mich diesmal, wieder einmal, verraten? Die Kleidung, meine Körpersprache? Früher, als ich noch hier wohnte und auf dem Weg zur Prüfungsvorbereitung regelmäßig über diesen Markt lief, ist mir das nie passiert.

Nur einen Steinwurf von hier entfernt, an der Bushaltestelle Tejuosho, herrscht Verkehrschaos, Danfos und Molues überall. Man wäre versucht, diesen Ort als Punkt der höchsten Verdichtung menschlicher Aktivität in der Stadt zu beschreiben, träfe dasselbe nicht auf viele andere Viertel zu, auf Ojuelegba, Ikeja, Oshodi, Isolo, Ketu oder Ojota.

– Und jetzt, da Sie wissen, dass ich von hier bin, machen Sie mir einen guten Preis, *abi*?

Er schüttelt den Kopf.

– *Oga*, es sind harte Zeiten, ich verlang nicht viel.

Er denkt immer noch, dass ich zu viel Geld habe und nicht weiß, was ich damit anfangen soll. Die Masken sind wirklich schön, aber der Preis ist unverschämt hoch. Ich verlasse den Laden und gehe weiter. Die anderen Verkäufer rufen mir hinterher. »*Oga*, sehen Sie mal hier, ich mache Ihnen einen guten Preis.« Andere rufen *oyinbo!* – weißer Mann. Die jungen Männer hocken mit gespreizten Beinen auf Raffiabast-Matten oder niedrigen Schemeln inmitten ihrer kleinen Verkaufsboxen. Sie schlagen die Zeit tot, verharren in Wartestellung, während ihre Körper vor ungenutzter Kraft strotzen. Wie ein Kaninchen bewege ich mich durch das Labyrinth der Shops, das vollgestopft ist wie ein Souk, ein entzückender Überfluss der Geschmacklosigkeiten, und nahtlos in den höhlenartigen Marktinnenbereich übergeht. Jenseits der Säulen aus grellbunten Plastikeimern, die den Eingang säumen, blicken die *aljahas*, die Tuchhändlerinnen, lustlos hinter ihren drapierten Borten hervor. Die Halle ist nur dürftig beleuchtet, als ob der Freiluftmarkt für sich allein beanspruchen würde, was ursprünglich als Einkaufszentrum geplant war. Wegen des kühlen Innenbereichs war dies schon immer mein Lieblingsmarkt. Die einzige Bewegung hier kommt von den Strömen der Kunden und der Rotation der Standventilatoren, die wie träge Wächter den Kopf hin und her drehen. Der Beton ist seltsam weich unter den Füßen, als gäbe er unter der ständigen Beanspruchung nach. Dann tauche ich wieder ins grelle Sonnenlicht und die jähe Hysterie hupender Autos und kreischender Motoren ein. Sechs Straßen treffen hier aufeinander, und es gibt keine Ampeln. Stau ist die Regel, Ausnahmen sind selten. Hier soll also der Junge getötet worden sein.

Er war elf Jahre alt und hatte in der Markthalle eine Handtasche gestohlen. Das war vor sechs Wochen. Ich weiß, wie die Geschichte weitergeht, noch bevor sie mir erzählt wird – ich kenne sie schon, zumindest ihre grundlegenden Bestandteile, die mich immer unbeeindruckt gelassen haben, so wie man als Kind alles akzeptiert, was einem normal erscheint. Damals lernte ich die Fragmente zu einer Geschichte zusammenzufügen. Die verzweifelte Diebeshand, der Schrei nach dem Dieb, der an jedem anderen Ort keine besondere Reaktion auslöst, der in Lagos jedoch das Blut in den Adern gefrieren lässt, dann die Rufe derer, die den Diebstahl gar nicht gesehen haben, doch der ansteckenden Kraft des Aufschreis folgen. Ungefähr so hat es sich auch an dem Tag zugetragen, als ich mit meiner Mutter auf dem Markt *gari* kaufte. Ich war damals höchstens sieben Jahre alt. Erst der Aufschrei: Dieb, Dieb. Dann die Jagd, die organisch und mit furchterregender Schnelligkeit aus dem beschaulichen Gefüge des Marktes erwächst, eine wütende Welle von Männern, die sich in ein einziges Lebewesen verwandelt. Dann die Gefangennahme des Verbrechers – wohin sollte er schon fliehen –, sein Dementi, das zwangsläufig scheitert, und schließlich sein Flehen um Gnade. Doch da wird er schon gestoßen und getreten, als wären diese Männer, die ihn, den Dieb, nie zuvor gesehen haben, persönlich betroffen. All das habe ich gesehen, und mehr als einmal. Die Gewalt ist intim, so wie die Beschimpfungen, die es hagelt. Irgendwann kehrt die gestohlene Tasche wieder in Madams Hände zurück, und die Geschädigte verschwindet vom Schauplatz. Wenn nichts gestohlen wurde, wird auch nichts zurückgegeben. Dennoch müssen die Dinge ihren Lauf nehmen, immer.

Jemand drängt mich zur Seite. Ich bin ein Idiot – in Tagträume versunken, laufe ich über den Markt und mache mich zur Zielscheibe. Ich taste meine Taschen ab, vergewissere mich, dass meine Brieftasche noch da ist, und bahne mir meinen Weg durch die Menschenmenge, die sich an der Kreuzung gebildet hat. Der Verkehr steht still. Deshalb bin ich hier: um den Ort des Geschehens mit eigenen Augen zu sehen.

Der Junge ist elf, sieht aber aufgrund lebenslanger Unterernährung jünger aus. Er versucht, etwas zu erklären. Ein Mann hat es mir befohlen, sagt er, der da drüben. Er deutet auf ihn. Zwecklos. Ein drahtiger Mann tritt vor und verpasst ihm eine Ohrfeige. Jetzt wirft man ihm vor, nicht eine Tasche, sondern ein Baby gestohlen zu haben. Jeder weiß, dass man ein Baby zu Geld machen kann, im Verbund mit okkulten Kräften wird es zur sprudelnden Quelle des Reichtums. Schnell ist ein Reifen herbeigeschafft, doch woher eigentlich? Man reißt dem Jungen die Kleider vom Leib und schlägt immer wieder auf ihn ein. Inmitten der Menschen und Autos hat sich ein Kreis geöffnet. Eine schnatternde Schar Schulmädchen in grün-weißen Schuluniformen hat sich zu den Schaulustigen gesellt. Und dann eine erneute Wende: Ein Mann filmt das Geschehen mit einer Digitalkamera. Das einäugige Gerät zeichnet alles auf: den zerbrechlichen Körper, der völlig entblättert im Wind zappelt wie ein dunkler Schössling, einzig gehalten von dem Reifen um seinen Bauch. Er verliert das Bewusstsein, doch als er mit Benzin übergossen wird, schreckt er wieder auf. Aus sicherer Entfernung betrachten zwei Verkehrspolizisten das Geschehen, man nennt sie hier *yellow fevers*. Die spritzende Flüssigkeit ist leichter als Wasser, ihr Duft breitet sich aus, sie tropft von ihm herab, bildet glitzernde Perlen in seinem wolligen Haar. Er hört auf zu flehen. Sein Bitten und Betteln verstummt, und noch ist er nicht angezündet worden. Das Weiß seiner Augen leuchtet wie Glühbirnen. Jetzt fehlt nur noch eines, und das ist schnell besorgt. Das Feuer flammt mit einem heulenden Windzug auf, die Menschenmenge japst nach Luft und weicht zurück. Der Junge fuchtelt wild herum, sinkt aber, in den Reifen eingeklemmt, schnell zu Boden und regt sich nicht mehr. Das Feuer überschreitet rasch den Höhepunkt seines kurzen Zyklus, sein Farbenspiel verblasst. Plappernd und seufzend löst sich die Menge auf, für den Moment befriedigt. Der Mann senkt seine Kamera und verschwindet. Sogleich setzt sich der Verkehr rund um das verkohlte Bündel wieder in Bewegung. Es riecht nach Gummi, Fleisch und Abgasen.

In ein paar Tagen wird es sein, als wäre nichts gewesen. Es wird immer einen geben, der eine Kopie des Mitschnitts in Umlauf bringt und damit den Männern in ihren Läden oder Polizeirevieren oder Eigenheimen eine makabre Form der Unterhaltung bietet. Irgendwann wird der Film in den landesweiten Nachrichten laufen und einen Aufschrei der Empörung auslösen, der dann sogleich wieder verstummt. Ich kann den Willen nicht aufbringen, dieses Video in meinen Besitz zu bringen, aber hier und da höre ich davon. Eine namenlose Flamme, einfach ausgelöscht. Er war erst elf, und wennschon – ein Dieb ist ein Dieb. Sein Herr wird einen anderen Jungen finden, noch einen Namenlosen. Der Markt hat alles gesehen. Er verlangt danach, zu essen. Er bricht nicht mit seinen Gewohnheiten.

Ich für meinen Teil muss weiter und den Danfo finden, der nach Yaba fährt. Ich brauche nicht lange. Der Gesang des Fahrers lockt mich auf die andere Seite der Fußgängerüberführung. Das Fahrzeug ist besser in Schuss als die meisten. Auf seiner Heckscheibe klebt ein Sticker: »God's Time is the Best Time.« Und darunter: »He's a Fine Guy.« Ich steige in den Bus und verlasse den Schauplatz.

13

Diese fremde, vertraute Stadt ist durchwebt von Erzäh-
lungen, und ich denke an das Leben als eine Summe
von Geschichten. Sie fliegen von allen Seiten auf mich
zu. Jeder, der ins Haus kommt, und jeder Fremde, mit
dem ich spreche, hat etwas Spannendes zu berichten.
Details, die ich bei Gabriel García Márquez so un-
widerstehlich finde – hier sind sie und warten auf
ihren metatronischen Chronisten. Es bedarf nur eines
kleinen Anstoßes, und schon öffnen sich die Leute. Der
Reiz liegt in der literarischen Textur dieser Leben, die
voller unverhoffter Erzählstränge sind.

Das hat durchaus etwas Romantisches. Ich muss
an Vikram Seth denken, der sein Doktorat in Stanford
abbrach und nach Indien zog, um seinen Roman *Eine
gute Partie* zu schreiben – seine mönchische Zurück-
gezogenheit, einzig unterbrochen durch ein dezen-
tes Klopfen an der Tür, wenn das Essen bereitet war.

An García Márquez, als er *Hundert Jahre Einsamkeit*
schrieb: diese vollkommene Hingabe an die Sache,
die uneingeschränkte Unterstützung eines Partners,
das unerschütterliche Vertrauen in die eigenen Fähigkeiten, die Gewissheit, dass zukünftige Leser dieses
Vertrauen teilen würden. Die Sicherheit, mit der die
Gespenster früheren Scheiterns verbannt bleiben.

Eines Morgens laufe ich vom Haus zu der Kreuzung, an der die Isheri Road auf die Lagos-Sagamu
Expressway Bridge trifft, und werde Zeuge eines Auf-
fahrunfalls. Sofort schalten beide Fahrer die Motoren
aus, springen aus ihren Wagen und prügeln aufeinander ein. Sie kämpfen erbittert, doch ohne Böswil-
ligkeit, als müssten sie sich eines archaischen Rituals
unterziehen, als ginge es nicht so sehr darum, wer
recht hat, sondern darum, seine Männlichkeit zu beweisen. Schließlich werden sie von einem Schaulustigen auseinandergezerrt; einer der Männer blutet aus
dem Mund.

Wunderbar, denke ich. Hier ist das Leben, in all
seinen stinkenden Details. Ein Paradies für jeden, der
Klatsch liebt. Nur eine Woche später beobachte ich
an derselben Stelle die nächste Auseinandersetzung.
Jeder Geschäftemacher und Abzocker im Umkreis
ist beteiligt. Ein großer Tumult und trotzdem vollkommen normal, und nach zehn Minuten ist die Auf-

regung verpufft und Schluss mit den Handgreiflichkeiten. Jeder wendet sich wieder seinen Angelegenheiten zu. Es ist nicht vorbildhaft, wie diese Gesellschaft funktioniert, und trotzdem beschleicht mich ein leises Mitgefühl mit all jenen Schriftstellern, die ihren Stoff verschlafenen amerikanischen Vorstädten abgewinnen und Scheidungsszenen schreiben müssen, in denen lethargisches Geschirrspülen eheliche Kälte symbolisiert. Wäre John Updike Afrikaner gewesen, hätte er vor zwanzig Jahren den Nobelpreis gewonnen. Ihm fehlte der richtige Stoff, davon bin ich überzeugt. Shillington, Pennsylvania, wurde seiner außergewöhnlichen Begabung einfach nicht gerecht. Noch bedauernswerter sind allerdings die Autoren, die nicht einmal einen Bruchteil von Updikes Talent haben und auf demselben unfruchtbaren Stadtrandacker pflügen müssen. An Nährstoffen mangelt es dem nigerianischen Boden nicht, trotzdem kann ich nicht einfach hierher zurückziehen. Es ist schlicht nicht praktikabel. Da ist die Frage der Finanzierung, meiner beruflichen Karriere, meiner anderen Tätigkeiten. Schwerwiegende Fragen, auf die es Antworten gibt. Doch eine wiegt besonders schwer: Könnte ich die Toleranz aufbringen, die in diesem Land nötig ist? Könnte ich mit der Wut umgehen, die Nigeria in mir auslöst, und mit den vielen Konflikten, die einen »Humanisten« wie mich an einem Ort wie diesem erwarten? An meinen ersten Abenden in Lagos genieße ich die Stromausfälle noch. Muyiwa und ich schließen Wetten ab, ob wir nach zweiundzwanzig Uhr noch Strom haben werden, was selten der Fall ist. Dann flimmert der Bildschirm ins Nichts, das Zimmer wird von einem Moment auf den anderen von den Schatten verschluckt, die Ventilatoren an der Decke surren immer leiser, bis sie schließlich verstummen. Je nach Uhrzeit schalten wir den Generator ein oder auch nicht. Selten lassen wir ihn die ganze Nacht laufen.

Der Strom kommt ab vier Uhr morgens zurück. Der Ventilator beginnt sich wieder zu drehen, als wolle er ein unterbrochenes Gespräch wiederaufnehmen. Zischelnd leuchten die Glühbirnen im Flur und im Wohnzimmer auf. Die Hitze macht mir nachts zu schaffen, und oft gleite ich erst in den Schlaf, wenn der Propeller wieder anspringt und sein stetiges Fächeln das Zimmer abkühlt. Doch schon ein, zwei Stunden später geht die Sonne auf, und Muezzin und Gockel liefern sich den allmorgendlichen Machtkampf. An Schlaf ist nicht mehr zu denken. Je länger die Stromausfälle andauern, desto weniger komme ich mit dem lauten Geräusch der Generatoren klar. Das Haus, das sehr großflächig angelegt ist, wurde irgendwann in drei große Wohnungen aufgeteilt. Davon sind zwei an andere Familien vermietet, eine zusätzliche Einnahmequelle, die den Nachteil hat, dass drei lärmende Dieselgeneratoren auf dem Grundstück stehen. Wenn sie alle laufen – also quasi jeden Abend –, habe ich das Gefühl, dass sich mein Gehirn langsam auflöst. Ich weiß, dass es für diese drei Familien ein Privileg ist, Generatoren zu haben, während ringsherum in der Stadt die Menschen im Dunkeln sitzen, doch ich kann es nicht als solches empfinden. Ich denke an Krach und schwarzgraue Dieselschwaden. Sobald das Licht ausgeht, ist mein Abend gelaufen. Unter mir drehen die Nachbarn ihre südafrikanischen Sitcoms auf. Mein Schlafzimmer liegt fast neben dem Generatorraum. Ich kann keinen Gedanken mehr fassen. Wenn es nach mir ginge, würden wir bei Kerzenlicht still im Dunkeln sitzen, aber ich kann diese Entscheidung nicht für die anderen achtzehn Bewohner des Hauses treffen.

Das ist nur eine von vielen Widrigkeiten. Das Leben in Lagos ist das Gegenteil von beschaulich. Allein die Verkehrsstaus sind eine massive Belastung, dazu kommen die tausend anderen Erschütterungen, denen fast alle Nigerianer tagtäglich ausgesetzt sind: die Polizeikontrollen, die bewaffneten Raubüberfälle, die korrupten Beamten, die Regierung, das Fehlen jeglicher sozialer Einrichtungen und die schlechte Verteilung von Annehmlichkeiten. Ich habe inzwischen Respekt vor jedem, der in diesem Land irgendetwas Kreatives macht – so wie die nigerianischen Fotografen, die ich bei einer Veranstaltung des Goethe-Instituts kennenlernte. Nie habe ich diese Menschen mehr verehrt, die gegen alle Widerstände ihren Kampf für die Kunst ausfechten.

Die Diskrepanz zwischen dem Überfluss an Geschichten und dem Mangel an kreativen Refugien ist offensichtlich. Im Haus gibt es keinen einzigen Computer, aber ich habe gehofft, zumindest abends in meinem Zimmer in Ruhe schreiben zu können. Das scheint schwierig zu werden. Tagsüber bin ich ständig unterwegs und treffe Leute, nachts bin ich den Dieseldämpfen und dem Geheul von drei Stromerzeugungsmaschinen ausgesetzt, das vom lauten Gesang aus den Kirchen in der Umgebung überlagert wird. Schreiben ist schwierig, Lesen unmöglich. Nach einem normalen Tag in Lagos sind die meisten seiner Bewohner so erschöpft, dass sie geistlose Unterhaltung jedem anderen Abendprogramm vorziehen. Das ist der heimliche Preis, den man für den geballten Stress eines Lebens in Lagos bezahlt – dafür, dass eine zehnminütige Fahrt fünfundvierzig Minuten dauert, dass es keine Rückzugsräume gibt, dass man permanent mit Menschen konfrontiert ist, die bedürftiger sind als man selbst. Am Ende des Tages ist der Kopf müde und der Körper ausgelaugt. Ich schaffe es höchstens noch, ein paar Fotos zu machen. Den Rest des Monats komme ich weder zum Lesen noch zum Schreiben.

Und dennoch. Dieser Ort übt eine elementare Anziehungskraft auf mich aus. Seine Faszinationskraft ist unendlich. Die Leute reden ununterbrochen, angetrieben von einem Realitätsempfinden, das mir fremd ist. Sie haben wunderbare Lösungen für unangenehmste Probleme parat; ich erkenne darin eine Vornehmheit des Geistes, wie sie selten ist auf diesem Planeten. Doch ich sehe auch viel Leid, nicht nur aufgrund der alltäglichen Dramen, sondern weil schwierige ökonomische Existenzbedingungen Menschen zermürben, verschleißen und ihre Schwächen hervorbringen, bis sie schließlich Dinge tun, die sie selbst verachten, und nur noch Schatten ihres besseren Selbst sind. Früher war die Regierung das Problem, doch wer heute in Lagos vor die Tür tritt, begegnet der Tyrannei in Gestalt seiner Mitbürger, deren Ethik durch jahrelanges Leid und ein Leben am Rand der Verzweiflung erodiert worden ist. Jeder hier ist käuflich, die allgemeine Resignation und Hilflosigkeit ist überall spürbar und bricht mir das Herz. Ich fasse einen Entschluss. Mein Seelenfrieden ist mir wichtiger als die Beschäftigung mit den Problemen anderer. Ich werde nicht nach Lagos zurückziehen. Niemals. Nicht für eine Million Geschichten, die erzählt werden wollen. Auch wenn das ein Zeichen derselben Resignation ist.

Ich werde nach Lagos zurückziehen. Ich muss. Ich liege auf dem Rücken im Bett, nur mit Boxershorts bekleidet, und lasse die schwüle Spätnachmittagshitze über mich ergehen. Ich habe Kopfhörer auf und höre »Giant Steps«, diese verschlungene modale Auseinandersetzung von Saxophon, Schlagzeug, Kontrabass und Klavier, die wie eine stete Aufhebung und Wiederherstellung der hörbaren Welt anmutet. Die Musik ist laut, aber die Generatoren haben bereits signalisiert: Du wirst keine Freude daran haben. Es gibt kein Anrecht auf Coltrane, nicht mit allem, was ringsherum passiert. Das hier ist Lagos. Ich trotze der Erkenntnis, drehe noch lauter und lausche gleichzeitig der Musik und dem Lärm. Beide weigern sich, nachzugeben. Der Kampf zwischen Kunst und chaotischer Wirklichkeit bringt keinen Sinn hervor.

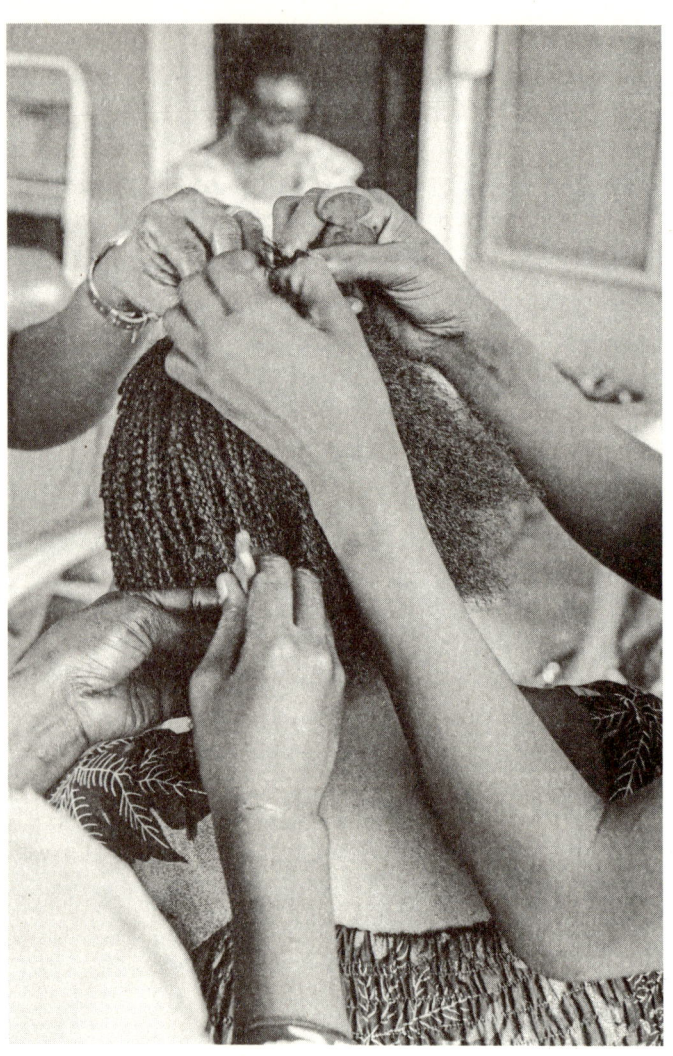

14

Das National Museum befindet sich in Onikan, im Herzen der Altstadt von Lagos. Dieser Teil der Stadt hat viel mit den verblassten Metropolen anderer früherer Kolonialmächte gemeinsam. Die Spuren der Fremdherrschaft sind überall sichtbar, an den Kirchen, der brasilianisch beeinflussten Architektur und den baufälligen Portikus, welche die schmalen verwinkelten Gassen säumen. Im Hintergrund weisen die spiegelglatten modernen Bauten Lagos Island als nationales Handelszentrum aus. Dasselbe kann man in Bombay am Victoria Terminus sehen: eine Kombination aus geliehenem Alten und undifferenziertem Neuen. Das Museum liegt in einem weniger verstopften Teil von Onikan, im Schatten der Arena des Tafawa Balewa Square. Gegenüber ist der pulsierende Hauptsitz der Musical Society von Nigeria, nebenan die neue City Mall mit ihrem dorischen Säulenvorbau.

Das Museum hat nichts vom Glanz dieser Bauten. Eine von gepflegten Grünstreifen gesäumte Einfahrt führt zu den drei oder vier niedrigen Gebäuden. Am Morgen meines Besuchs ist es still auf dem Gelände. Ein Straßenkehrer geht seelenruhig seiner Arbeit nach. Hinter dem schmiedeeisernen blauen Gitter am Eingang stehen zwei riesige Töpfe. Am Einlassschalter, der in die Vorhalle mündet, weist ein Schild auf den Eintrittspreis von fünfzig Naira hin. Die teilnahmslose Rezeptionistin schickt mich zur einige Meter entfernten Kasse. Dort kaufe ich einer anderen Frau eine Eintrittskarte ab. Weder die Frau am Einlass noch die Kartenverkäuferin sehen aus, als würden sie gern meine Fragen beantworten, also gehe ich direkt weiter in den ersten Ausstellungsraum. Es gibt keine Ausstellungsprospekte und keinen Museumsshop mit Büchern oder Katalogen.

Jahrelang habe ich mir diesen Besuch vorgestellt, denn das National Museum ist ein Prüfstein meiner Erinnerung an die Heimat. Wann immer ich während der Jahre in den Vereinigten Staaten und in Europa über das nigerianische kulturelle Vermächtnis nachdachte, kehrte ich gedanklich an diesen Ort zurück, von dem ich aus meiner Grundschulzeit diffuse Bilder im Kopf behalten hatte. Menschen, die ihre Heimat verlassen, brauchen etwas, an dem sie sich festhalten können. Ich hielt mich an diesem Museum fest und an der Bedeutung, die ich seiner Sammlung beimaß.

Ich bin der einzige Besucher in den miteinander verbundenen Galerien. Es ist tatsächlich ruhig. Nur das Geplapper der beiden Museumswächter ist zu hören, und aus dem angrenzenden Raum dringt der Gesang einer Frau, die in der Ecke sitzt und Kirchenlieder rezitiert, als befände sie sich nicht für alle Welt sichtbar an ihrem Arbeitsplatz. Sie ignoriert mich, bis ich am Ende einer langen Reihe von Schaukästen meine Kamera zücke und ein Foto mache.

– Das ist verboten!

– Wie bitte?

– Das ist verboten. Keine Fotos.

Sie deutet auf den Stein des Anstoßes, meine Kamera, holt symbolisch zum Schlag aus und wirft mir einen vernichtenden Blick zu. Ihr Ton ist streng, wird aber sofort wieder zuckersüß, als sie die eben abgebrochene Strophe erneut aufnimmt und das Lob ihres Herrn singt. Sie ist völlig losgelöst von ihrer Umgebung. Der Triumph einer Christin unter Götzenbildern. Ihre Stimme schwebt durch die Räume. Die Galerien sind viel enger als in meiner Erinnerung oder Vorstellung. Die Objekte liegen von Staub bedeckt in schmutzigen Plastikkästen. Alles wirkt matt und improvisiert wie ein vor Jahren fertiggestelltes und vergessenes Schulprojekt. Trotzdem bin ich vom Inhalt der Ausstellung noch enttäuschter als von der Präsentation. Ich hatte wirklich erwartet, die ganze Pracht nigerianischer Architektur und Kunstgeschichte vorzufinden, die schönsten Ife-Bronzen, edle Messingtafeln und Büsten aus Benin, Nok-Terrakotten und die kunstvoll eingeschnürten Gefäße von Igbo-Ukwu, eben die Kunst, für die Nigeria weltweit und zu Recht in Akademien und Museen bewundert wird.

Doch meine Hoffnungen weichen Ernüchterung. Auch wenn all das vorhanden ist, so doch nur in wenigen Stücken von meist minderer Qualität, die zudem dürftig dokumentiert sind. Der gesamten Ausstellung haftet etwas sonderbar Verschlossenes an. Niemand scheint sich um die Objekte zu kümmern. Die Sammlung weist so große Lücken auf, dass man fast meinen könnte, sie wäre vor Kurzem geplündert worden. Die besten Stücke sind wahrscheinlich längst bei Kunsthändlern in Paris, Zürich oder sonst wo. Erst kürzlich habe ich eine exzellente Ausstellung nigerianischer Kunst im New Yorker Metropolitan Museum gesehen, so wie zuvor im British Museum und im Ethnologischen Museum in Berlin: gepflegte Ausstellungsräume, sorgfältige Beleuchtung und vor allem herausragende Dokumentationen, die die Artefakte in ihrem kulturellen Kontext zeigen. Mit jedem neuen Ort wuchs mein Verlangen, diese erstaunliche Kunst dort zu sehen, wo sie am besten zur Geltung kommt, nämlich zu Hause. In London, New York und Berlin begann ich mich nach Lagos zu sehnen. Der Westen hatte mir Appetit auf antike afrikanische Kunst gemacht. Und jetzt entpuppt sich Lagos als niederschmetternde Enttäuschung.

Ich weiß um die problematische Geschichte afrikanischer Sammlungen, ich weiß, wie die kolonialen Behörden im neunzehnten und frühen zwanzigsten Jahrhundert Kunstschätze in die Hauptstädte verfrachteten. Trotzdem waren die nigerianischen Museen noch in den Sechziger- und Siebzigerjahren unter der Leitung von britischen Archäologen wie Frank Wilson und John Wallace reich bestückt. Wilson war ein Ife-Experte, Wallace ein herausragender Kenner der Kunst der Yoruba und der Deltagebiete. Nach ihnen wurde mit Udoh Udoh ein ebenfalls herausragender Kunsthistoriker zum Direktor des Museums berufen. Diese Männer waren Wissenschaftler, und sie bemühten sich um eine sorgfältige Dokumentation und Präsentation der ihnen anvertrauten Objekte. Doch während der Militärjunta in den Achtzigerjahren wurde die Verwaltung von Museen und vielen anderen nationalen Institutionen Günstlingen anvertraut, für die man irgendwelche Posten brauchte. Ich erinnere mich an ein

Gespräch, das ich 1999 mit John Wallace an der Londoner School of Oriental and African Studies führte. Wallace, ein liebenswürdiger und hochgelehrter Mann, war mit dem britischen Colonial Service nach Nigeria gegangen und zur Leitung der damaligen Abteilung für Kunst und Antiquitäten aufgestiegen. Er erzählte mir, dass einer der Museumsdirektoren aus Aberglauben einige der Ausstellungsobjekte nicht anfassen wollte. Der Mann war ein Mallam, ein islamischer Gelehrter, und er fürchtete die Fetischkraft der Masken und Statuen. Wallace zufolge waren viele Stücke der Sammlung im Keller gelandet.

Was ich sehe, lässt mich nicht annehmen, dass sich in den letzten zwanzig Jahren irgendetwas zum Besseren entwickelt hat. Ich trete aus dem ersten Teil des Komplexes in einen kleinen Hof. An den Wänden hängen weiße Papptafeln, auf denen Herrschaftszeremonien nigerianischer Könige beschrieben werden; eine Tafel informiert über eine von deutschen Wissenschaftlern in den Achtzigerjahren geleitete archäologische Expedition auf den Spuren des Ijebu-Reiches. Die Druckqualität ist schlecht, die Schrift von der Sonne verblichen, die Pappe von Schimmel durchzogen. Stellenweise hat sich der Schimmel bis zum Text und zu den Fotografien vorgefressen, an den Ecken rollt sich der Karton bereits ein. Erneut kann man sich des Ein-

drucks nicht erwehren, dass man es mit einem lustlosen Schulprojekt zu tun hat. Der Hof wird gelegentlich
an Geburtstags- oder Trauergesellschaften vermietet.
Ein Freund erzählte mir, dass die Begräbnisfeier für
seine Großmutter hier stattgefunden hätte. Die Nigerianer gehen also ins Museum, wenn auch nur für eine
Party am Wochenende.

Ich betrete die kleine Galerie, die der Kunst des
Königreichs Benin gewidmet ist, und sehe gerade
noch zwei Touristen den Raum verlassen. Ihrer Sprache und ihrem Verhalten nach identifiziere ich sie als
Ausländer; vielleicht Brasilianer. Wie traurig: aus Rio
oder Bahia auf der Suche nach den eigenen Wurzeln
hierherzureisen und das vorzufinden. Die beiden sind
die einzigen Besucher, die ich während meines zwei-
stündigen Aufenthalts im Museum sehe. In der Be-
nin-Ausstellung kommt plötzlich ein Wärter forschen
Schrittes auf mich zu und fragt mit besorgter Miene
nach meiner Eintrittskarte. Ich zeige ihm den Abschnitt
in meiner Hand. Er sagt: Ich wollte nur auf Nummer
sicher gehen. Etwa fünf Minuten später heftet sich
ein ebenso aufgebrachter Mann an meine Fersen und
fragt, ob ich auch die richtige Eintrittskarte für diese
Ausstellung erworben hätte. Erneut zeige ich meinen
Zettel. Alles klar, sagt er, ich wollte nur auf Nummer
sicher gehen. Mir ist nicht klar, ob die Männer mich

gerade um Schmiergeld angegangen sind, und ich will es auch nicht wissen.

Und das ist alles – es gibt keine weiteren Ausstellungsräume. Die archäologische Sammlung ist erbärmlich: ein paar Masken, einige mit Perlen verzierte Körbchen und eine Handvoll Figuren. Nichts, was das Herz höher schlagen lässt. Nirgends die erhofften prachtvollen Ife-Bronzebüsten hinter Plexiglas. Später lese ich die kuriose Geschichte des Verlustes einer Benin-Bronze. Im Jahr 1973 erhielt Direktor Udoh Udoh einen Anruf vom damaligen Regierungschef General Gowon, der seinen Besuch ankündigte, um ein Gastgeschenk für die englische Königin auszusuchen. Sobald Dr. Udoh aufgelegt hatte, setzte er alles in Bewegung, um die wertvollsten Ausstellungsstücke in Sicherheit zu bringen. Doch wohin mit einem ganzen Museum? Gowon kam, schnappte sich zum großen Entsetzen von Dr. Udoh eine erlesene Königinmutter-Büste aus dem siebzehnten Jahrhundert und schenkte sie Elizabeth II., die sie, in der Annahme, es handle sich um eine Kopie, in ein Regal der Royal Library stellte. Niemand wusste, was es wirklich mit der Büste auf sich hatte, bis man sie anlässlich der Thronjubiläums-Ausstellung im Jahr 2002 hervorholte. Die Tatsache, dass sich die Büste als echt erwies – John Wallace trug damals zur Identifikation bei –, erwies den laufenden

Bemühungen der nigerianischen Regierung um Rück-erstattung zahlreicher Benin-Tafeln aus der Sammlung des British Museum einen Bärendienst. Besonders bemerkenswert am Fall der Königinmutter-Büste ist der Umstand, dass sie bereits 1897 im Zuge der briti-schen sogenannten »Strafexpedition« geraubt worden und erst in den Fünfzigerjahren als Beitrag zum neu gegründeten National Museum nach Nigeria zurück-gekehrt war. Sie hatte den Ozean also schon zweimal überquert, bevor sie der General als Zeichen seiner Dankbarkeit für die britische Unterstützung der nige-rianischen Sache im Biafra-Krieg verschenkte. Doch diesmal dachten die Briten gar nicht daran, sie zurück-zugeben.

Konsterniert von der dürftigen Ausstellung gehe ich zum Eingang zurück und frage in Oliver-Twist-Manier nach, ob es noch mehr zu sehen gäbe; vielleicht ein oberes Stockwerk oder so, das ich übersehen hätte. Die Frage scheint die Frau am Empfang sehr zu verärgern; ich vermute, *jede* Frage würde sie verärgern. Sie zeigt auf ein schuppenähnliches Gebäude neben dem Mu-seum. »Temporäre Ausstellung« steht auf einem alten Schild. Das Nebengebäude ist ausschließlich der Ge-schichte der nigerianischen Machthaber gewidmet und reicht vom politischen Zusammenschluss der Protek-torate Nordnigeria und Südnigeria im Jahr 1914 bis zum heutigen Tag. Ich bilde mir ein, die größte Enttäuschung schon hinter mir zu haben, aber ich bin wohl noch nicht genug gestraft. In der ringförmigen Baracke befindet sich der berühmteste Kunstgegenstand des National Museum: der von Einschusslöchern übersäte schwarze Mercedes-Benz, in dem das Staatsoberhaupt General Murtala Muhammad während des gescheiterten Putschversuches im Februar 1976 ermordet wurde. Dieses Auto ist das Einzige, was den meisten Schulkindern nach dem Museumsbesuch in Erinnerung bleibt. Abgesehen von dem pockennarbigen, glänzenden Wagen bietet die Ausstellung lediglich eine weitere Reihe von Wandtafeln mit Texten zur nigerianischen Geschichte und Fotos ihrer namhaftesten Vertreter, jedoch keinerlei Objekte oder Dokumente. Die Tafeln sind oberflächlich getextet und bestehen wie die Plaketten im Hinterhof aus dickem Karton, der ebenfalls bereits dem Schimmel erlegen ist. Die Fotos zeigen Lord Lugard, Aminu Kano, Obafemi Awolowo, Nnamdi Azikiwe, Tafawa Balewa und andere. Auf der ersten Tafel heißt es: »Im frühen neunzehnten Jahrhundert leitete der Kampf von Abolitionisten das Ende der widerwärtigen Praxis der Sklaverei ein.«

Tiefer geht die Analyse nicht. Der transatlantische Sklavenhandel, bei dem Hunderttausende unserer Vorfahren verkauft, gefoltert und ermordet wurden:

eine »widerwärtige Praxis«. Dieser wenig berauschende Text war zweifelsohne von irgendeinem Kolonialbeamten geschrieben worden und wahrscheinlich schon ein paar Jahrzehnte alt. Andere aber ließen ihn Jahr für Jahr dort hängen – Nigerias offizielle Stellungnahme zur Sklaverei. Ich lese die Tafeln zu den einander ablösenden Regimes und werde noch deprimierter. Sie listen die vermeintlichen Errungenschaften der jeweiligen Militärmachthaber auf, die historische Aufarbeitung ist unterwürfig, ungenau, unkritisch und hoffnungslos veraltet – und das im National Museum! Es ist, als hätten sie den Diktatoren Formulare zugesendet, in die sie ihre »Errungenschaften« eintragen sollten, und es dabei belassen. Ich weiß nicht, was ich davon halten soll. Es kommt mir vor, als hätte man sich gedacht, ein Nationalmuseum sei eine gute Idee, dann aber das Interesse und die Kompetenz vermissen lassen, es angemessen zu präsentieren. Anderswo ist die eigene Geschichte ein permanenter Zankapfel der Öffentlichkeit; in Nigeria muss sich überhaupt erst ein Geschichtsbewusstsein ausprägen, jedenfalls nach Institutionen wie dieser zu urteilen.

Am Ende des umlaufenden Korridors werden die drei jüngsten Regimes auf Papierblättern dokumentiert. Es ist schier unmöglich, aufgrund dieser Ausstellung einen positiven Eindruck von Nigeria zu bekommen. Die schlimmsten der Schlächter, die diese Nation zugrunde gerichtet haben, werden ausnahmslos gerühmt. Da ist Abacha mit seiner dunklen Brille und Babangida mit seinem Grinsen. Die Reihung der Tafeln verleiht der Geschichte Nigerias nach Erhalt der Unabhängigkeit den Anschein von Ordnung und Kontinuität; ein Hinweis darauf, dass die meisten Regierungswechsel durch Putsche und Gegenputsche herbeigeführt wurden, bleibt aus. Was, frage ich mich, bedeutet es für eine Gesellschaft, wenn sie nichts mit ihrer Geschichte anzufangen weiß? Ich muss an eine Figur in John Sayles' Film *Men With Guns* denken, die auf die Frage eines Touristen schroff erwidert: »Gräueltaten? Nein. Hier gab es keine Gräueltaten. So was passiert in anderen Ländern.«

Als ich aus dem Schuppen heraustrete, ist die Frau am Eingangsschalter zusammengesackt und fest eingeschlafen. Es ist dreizehn Uhr. Missmutig verlasse ich das Museum und erhole mich erst wieder bei einer Portion Jams und Egusi-Suppe in einem nahe gelegenen Buka.

15

Am selben Nachmittag besuche ich auch das MUSON Centre, und der Kontrast zum National Museum könnte nicht größer sein. Das MUSON – kurz für Musical Society of Nigeria – wurde in den Achtzigerjahren gegründet und spielt seitdem im Musik- und Theaterleben des Landes eine führende Rolle. Das Areal ist gut gegliedert und umfasst drei Hauptgebäude. Eines beherbergt einen Konzertsaal auf Weltniveau, das zweite ein Konservatorium, und zwischen beiden befindet sich, umgeben von makellosem Rasen, ein gehobenes Restaurant namens La Scala. Die kreative Energie, die mir im National Museum so sehr fehlte, scheint hierher geflossen zu sein. Und offenbar ist es ein Ort, den die Wohlhabenden mögen. Auf dem Parkplatz reihen sich protzige Limousinen und Geländewagen: Lexus, BMW, Mercedes-Benz, Audi. Trotzdem wirkt das MUSON nicht wie eine Festung, zu der nur Leute mit Geld und guten Beziehungen Zutritt haben. Ich habe das Gefühl, dass es wahre Musikliebhaber anzieht. Niemand hindert mich daran, einfach hineinzugehen, obwohl ich hier nichts zu tun habe.

Die großen Plakate vor dem Auditorium kündigen aktuelle und kommende Veranstaltungen an: eine Weihnachtsgala, einen Chorabend, eine Benefizveranstaltung zugunsten nigerianischer Krebsinitiativen. Ich finde einen Flyer für ein Jazzkonzert, der südafrikanische Trompeter Hugh Masekela tritt gemeinsam mit Lagbaja auf, dem zurzeit wohl innovativsten nigerianischen Musiker. Am spannendsten finde ich die Ankündigung einer Theatergruppe aus Frankreich, die mit einer Molière-Inszenierung gastiert. Dem Kulturleben scheint es, wenigstens in diesem Teil der Stadt, wirklich gut zu gehen.

Das MUSON ist sehr gut organisiert. Besser, um ehrlich zu sein, als ich gedacht hatte, dass irgendetwas in Nigeria organisiert sein kann. Und dabei ist es eine weitgehend private Einrichtung. Vielleicht ist das ja das Geheimnis: Private Förderer wissen, wie man sich präsentieren muss, die Gebäude sind in bestem Zustand. Während meines Besuchs sehe ich mehrere Gärtner, die sorgfältig Zwergpalmen eintopfen. Und das MUSON weiß auch, dass es sich für eine nicht kommerzielle Einrichtung empfiehlt, mit Unternehmen zu kooperieren: die Agip Recital Hall und das Auditorium, die Shell Hall, sind jeweils nach Ölfirmen benannt. Unter den Hauptsponsoren ist auch die Unternehmensberatung Accenture.

Den großen Stümper, die nigerianische Regierung, lässt man außen vor. Die bloße Existenz des Konservatoriums ist eine Überraschung für mich, seine Anlage die reine Freude. Als ich das Gebäude betrete, denke ich, dass diese Institution es eines Tages durchaus mit der Juilliard School oder dem New England Conservatory aufnehmen könnte. Der Stolz, der mich bei diesem Gedanken erfüllt, entbehrt jeglicher Vernunft. Draußen vor dem Gebäude hängt ein Schild mit der Aufschrift: »MUSON School of Music. Gegründet am 13. Februar 1989. Musikalische Ausbildung in Theorie und Praxis.« Und darunter, in kleineren Buchstaben: »Einzelunterricht für alle Altersstufen in Gesang, Geige, Klavier, Flöte, Klarinette, Trompete, Cello und klassischer Gitarre. Benotete Theorie- und Praxisprüfungen finden im Mai und November an verschiedenen Orten in Nigeria statt.« Das ist wortwörtlich Musik in meinen Ohren. Cellounterricht in Lagos. Ich stelle mir ein begabtes Mädchen vor, das durch die Bach-Suiten wirbelt, Nachmittag für Nachmittag übt, trotz Hitze und dröhnendem Verkehr im Hintergrund, bis sie sich die Seele der Musik zu eigen gemacht hat und ihre Zuhörer in Erstaunen versetzen kann.

Ich gehe in den Empfangsbereich und treffe dort auf einen rundlichen jungen Mann mit einem schmalen Oberlippenbart. Er sitzt hinter einem Metalltisch und spricht mit einer Frau. Sie ist schlank, sehr dunkelhäutig und trägt eine Brille. Wortlos bedeutet er mir, Platz zu nehmen. Dann steht er auf und schreitet langsam zur anderen Seite des Raumes, zieht eine Zeitung aus einem Schrank und geht genauso langsam wieder zurück. Er setzt sich wieder, schlägt die Zeitung auf und deutet auf etwas, dann sagt er zu der jungen Dame:

– Sieh mal, das habe ich gemeint. Interessant, oder?

Er reicht ihr die Zeitung, starrt bedeutungsvoll ins Leere und wendet sich schließlich, als hätte er nun nichts anderes mehr zu tun, an mich.

– Was kann ich für Sie tun?

Ich antworte, ich hätte ein paar Fragen zum Konservatorium, die er vielleicht beantworten könnte.

– Was möchten Sie denn wissen?

– Zum Beispiel etwas über die Gründungsgeschichte der Schule, das Kursangebot, die Kosten des Studiums, die Richtlinien.

Er nickt nachdenklich, dann steht er wieder auf, watschelt durch das Zimmer zum Schrank und entnimmt ihm eine Broschüre.

– Hier finden Sie Informationen. Die Schule wurde 1989 gegründet und ist in den letzten Jahren sehr gewachsen.

– Wie wird die Schule denn finanziert?

– Mit Semestergebühren und privaten Spenden.

Dann fügt er fröhlich hinzu:

– Ein reicher Mann wie Sie zum Beispiel, der kann uns eine Million Naira schenken. Einfach so.

Er wischt mit der Hand durch die Luft. Ich wende mich der jungen Dame zu und frage, ob sie hier studiere. Ja, sagt sie, Gesang. Sopran. Sie hat etwas Hochnäsiges an sich. Ich frage sie, auf welche Musik sie sich spezialisiert habe.

– Also, Klassik und Jazz und so weiter. Ich trete nächste Woche mit dem MUSON-Orchester bei dem Benefiz auf.

– Wer spielt denn im Orchester?

– Hauptsächlich Professoren des Konservatoriums.

Sie ist fahrig, ein wenig wie ein Vogel. Unser Gespräch ist beendet. Sie sitzt nur noch da und sieht uns beim Reden zu. Der junge Mann führt das Gespräch fort:

– Je nach Wunsch kann man bei einem ausländischen oder einem einheimischen Professor studieren.

Erstaunt ziehe ich die Augenbrauen hoch.

– Und was ist der Unterschied?

– Die Kosten. Der Lehrer aus dem Ausland kostet viel mehr.

Ich schlage eine der Broschüren auf, die er mir gegeben hat, und suche die Liste der Gebühren. Und tatsächlich, es ist bitter, aber wahr: Ein beliebiger weißer Klavierlehrer wird viel besser bezahlt als ein nigerianischer Professor, selbst wenn er das Peabody Institute oder die Royal Academy absolviert hat.

– Aber die Hauptvoraussetzung ist, dass man das Instrument, das man studieren möchte, bereits besitzt. Das betonen wir immer wieder, aber viele Leute scheinen das trotzdem nicht zu begreifen. Möchte man Klavierspielen lernen, muss man ein Klavier zu Hause haben. Will man Cello lernen, muss man ein Cello besitzen. Ob Flöte, Trompete oder was weiß ich, das Instrument muss man selbst anschaffen.

– Die Stimme auch?

Er schmunzelt. Sie haben die Latte ziemlich hoch gelegt. Auch in der westlichen Welt ist ein Klavier nicht für jeden erschwinglich. Und in Nigeria nur für die Allervermögendsten. Gleichzeitig sehe ich sofort ein, wie kompliziert die Einrichtung eines Verleihsystems von Instrumenten in einem Land wäre, wo nicht einmal Kreditsysteme etabliert sind und die meisten Dinge noch in bar bezahlt werden, einschließlich Autos und Häuser. Gleichzeitig lässt es die Verkehrssituation in der Stadt nicht zu, die Studenten zu zwingen, mindestens vier oder fünf Tage pro Woche zum Üben ins Konservatorium zu kommen – also häufig genug, um ein Musikinstrument beherrschen zu lernen. Das heißt, bis auf Weiteres bleibt ernst zu nehmender Musikunterricht nur den reichsten und motiviertesten Nigerianern vorbehalten.

Aber besser als gar nichts. Wenn Angebot und Nachfrage steigen, sinken auch die Preise, und die Chancengleichheit nimmt zu; bei Privatschulen kann man diese Entwicklung schon beobachten. Als ich zur Highschool ging, gab es so etwas wie das MUSON noch gar nicht; meine Leidenschaft für Musik entdeckte ich erst in Amerika. Jüngere Nigerianer werden vielleicht nicht mehr darauf angewiesen sein, auf die andere Seite des Atlantiks zu ziehen, um solche Interessen zu entwickeln.

Die Schule und das Konzertprogramm heben meine Stimmung. Wenn Orte wie das National Museum meinen Wunsch, in Nigeria zu leben, ersticken, erwecken andere wie das MUSON Centre ihn wieder zum Leben. Die Menschen eines Landes brauchen etwas, was ihnen gehört, worauf sie stolz sein können, und sie brauchen Förderer, die solche Kulturinstitutionen unterstützen. Zugleich ist es wichtig, den Austausch mit der Welt zu ermöglichen, sodass Molières Stücke auf

Bühnen in Lagos mit der gleichen Selbstverständlichkeit aufgeführt werden wie Soyinkas in London. Was den Menschen in einem Teil der Welt das Einzigartige ihrer Kultur ist, kann dann seinen rechtmäßigen Platz in der universalen Kultur einnehmen.

Kunst vermag das. Literatur, Musik, bildende Kunst, Theater, Film. Die überzeugendsten Lebenszeichen Nigerias entspringen der künstlerischen Praxis. Und so taucht jedes Mal, wenn ich mir wieder sicher bin, mit meiner Rückkehr nach Lagos versehentlich in der Vorhölle gelandet zu sein, etwas auf, was mir Hoffnung gibt. Eine Leserin, ein Orchester, die Freundschaft einiger kraftvoller Menschen, die gegen den Strom schwimmen.

16

Eines Abends tritt ein Mann ins Wohnzimmer. Er kommt direkt auf mich zu und schließt mich in eine kraftvolle Umarmung. Nur langsam fügen sich seine Züge zu einem Gesicht zusammen. Doch als er mich breit anlächelt, erkenne ich ihn. Der Fremde ist kein Fremder. Es ist Rotimi, mein Kindheitsfreund.

– Was sagt man dazu.

– Wie zum Teufel geht's dir?

– Was treibst du so?

– Kann nicht klagen. Du weißt schon, man nimmt dieses Land hart ran, und das Land zahlt's einem heim.

– Sieht aber nicht danach aus. Du siehst gut aus. Komm schon her, Mann.

Wir umarmen uns wieder. Aus seinem samtenen Gesicht blitzen die Augen wie Edelsteine hervor. Ich kann es nicht glauben, nach so langer Zeit. Doch er ist es wirklich, muss es sein; dieses Lächeln, das hatte er schon als schüchterner Fünfjähriger. Rotimi sagt, er sei Arzt. Er weiß schon, dass ich gerade meine Ausbildung zum Psychiater absolviere. Wir sitzen eine Weile nur da und betrachten uns erstaunt, als würden wir unsere erwachsene Erscheinung mit den Bildern von uns als Kindern abgleichen. Er hat sein Leben in die Hand genommen und es geschafft. Violettes Hemd, silberglänzende Krawatte. Sehr elegant. Ich hole zwei Bierflaschen aus der Küche. Und wir setzen uns und reden. Wir haben fünfzehn Jahre aufzuholen.

– Ich freue mich so, dich wiederzusehen, sagt er.

– Ich freu' mich auch. Jetzt erzähl schon, wie steht's hier um die Medizin? Wie arbeitet es sich in Naija?

– Oh Mann, es ist nicht leicht. Ganz und gar nicht.

– Okay, das sagen alle. Aber Ärzte verdienen doch besser als andere, *no be so?*

Er lockert seine Krawatte und lehnt sich zurück. Wie schnell uns die Zeit ergreift und mit sich forträgt. Gerade war er noch der unsichere Junge, den ich seit meiner frühesten Kindheit kenne, und nun sitzt ein Mann vor mir, der nach einem harten Arbeitstag den wohlverdienten Feierabend genießt. Ich blicke auf seine Hände. In diesen Händen ist neues Wissen.

– Und wie sind deine Patienten so?

– Sie sind okay. Sehr viel Abwechslung, und es ist ein privates Krankenhaus, gut versorgt mit Medikamenten und Geräten. Aber ich überlege, mich auf Kinderheilkunde zu spezialisieren.

– Klingt gut.

– Ja, ich glaube auch. Die Kids sind in Ordnung, nur die Eltern können schwierig sein. Sie sind die eigentliche Herausforderung. Na ja, erst mal bleib ich noch in der Allgemeinmedizin.

– Ich war letztes Jahr in der Inneren Medizin. Ein Teil von mir wird das vermissen, aber ich glaube, Reden ist mehr mein Ding.

Es wird langsam dunkel im Wohnzimmer, dabei glänzt der Himmel noch wie poliertes Kupfer. Ich schalte das Licht an. Die Nächte in Lagos kommen ohne Vorwarnung: das letzte Glühen des Tages um Viertel vor sieben, und finstere Nacht fünfzehn Minuten später. Die Gebetsrufe ertönen aus der Ferne.

– Das Gehalt stimmt?

– Na ja, nicht wirklich. Ich wohne bei meinen Eltern, ich komme schon klar. Aber toll ist das nicht, ehrlich gesagt.

– Wovon reden wir, hundert?

– Eher siebzig.

Ich stoße einen Pfiff aus. Siebzigtausend Naira Monatsgehalt für einen Arzt in einem privaten Krankenhaus. Ich hätte nicht gedacht, dass es so wenig ist. Das sind fünfhundert Dollar im Monat, ein Hungerlohn.

Und die Lebenshaltungskosten gleichen das auch nicht aus, ein guter Fernseher kostet in Lagos genauso viel wie überall sonst. Das ist die Realität einer Wirtschaft, die beinahe vollständig vom Import abhängig ist. Ein Gebrauchtwagen kostet dich zehntausend Dollar, das ist nicht billiger als in den USA, ein neues Taschenbuch vierzehn Dollar. Die Mieten sind auch nicht mehr günstig, und obwohl die Löhne gestiegen sind, haben sie nicht mit der Inflationsrate mitgehalten. Es ist schwer für durchschnittliche Nigerianer, einen bürgerlichen Lebensstil aufrechtzuerhalten. Selbst Leute mit guter Ausbildung und guten Jobs haben Probleme, ihre Existenz zu sichern. Und für diejenigen, die mit fünfzehntausend oder zwanzigtausend Naira auskommen müssen, ist das Leben die reine Hölle. Hundertvierzig Dollar monatlich bedeuten Armut, egal, wo man sich auf der Welt befindet.

– Siebzig? Wer macht dann das ganze Geld? Früher ging es den Ärzten doch gut. Mann, deswegen haben uns doch unsre Eltern dazu gedrängt, Medizin zu studieren?

– Wem sagst du das. Aber die Zeiten sind vorbei. Wenn du heutzutage gut verdienen willst, musst du in die Telekommunikationsbranche. Oder besser noch in die Ölindustrie. Da ist die Kohle. Ein paar von meinen Schulfreunden haben direkt nach ihrem Abschluss

dreihundert verdient, manche sogar vierhundertfünf-
zig. Banker verdienen auch gut, vor allem bei Handelsbanken. Aber glaub mir, Mann, das Leben in Nigeria
ist hart. Für die allermeisten ist es sogar sehr hart. Wir
wollen alle raus hier. Nach Amerika, London, Trinidad.
Egal wohin.

Er lehnt sich weiter auf dem Sofa zurück. Er sieht
geschafft aus. Er hat recht mit seiner Einschätzung der
Wirtschaft. Die Öl- und Gasindustrie scheffelt absurde
Gewinne, immer mehr Leute benutzen Handys, und
die Bankbranche entwickelt sich rasant. Die Zeitungen sind voller Fusionierungen und Übernahmen. Sie
zeigen die Ausmaße und Grenzen des Aufschwungs.
Er ist gut, weil der wachsende Handel Jobs schafft,
die Wirtschaft belebt und praktische Bedürfnisse der
Menschen erfüllt. Die Stagnation der finsteren Jahre
Anfang und Mitte der Neunziger ist vorbei. Doch heute sind die Einkommensunterschiede viel größer, sogar
zwischen Leuten mit vergleichbarer Qualifikation. Es
gibt kaum Anreize, weniger lukrative Berufe zu wäh-
len. Und alle, die es sich leisten können, konsumieren
wie verrückt.

Wir trinken. Wir haben uns so viel zu sagen und
zugleich so wenig, wie das zwischen Freunden ist, die
sich lange nicht gesehen haben. Ich frage ihn, ob die
Fahrt von Lagos Island hierher lange gedauert hat.

– Ja, hat sich gezogen. Warum fragst du? Sehe ich so müde aus? Man braucht perfektes Timing für die Brücke. Wenn du zu spät losfährst, brauchst du für eine Vierzig-Minuten-Strecke schnell mal zwei Stunden. Manchmal sogar mehr.

– Wahnsinn. Aber wenigstens hast du eine Klimaanlage.

– Ha! Vergiss es.

Er schüttelt den Kopf. Wir sehen uns an. Und in diesem Moment fällt der Strom aus, und wir verschwinden im Dunkel.

17

Rotimi begleitet mich zum Generatorhäuschen. Zwischen verrußten Betonwänden prüfen wir den Dieselstand der Maschine. Der Diesel reicht nur noch für eine Stunde Strom, danach wird es bis zum Morgen kein Licht mehr geben. Ich sage ihm, dass es mir leidtut. Warum solltest du dich dafür entschuldigen, fragt er mich. Ich wohne in Lagos, ich bin Stromausfälle gewohnt. Dann bietet er mir an, mich zu einer Abfüllstation zu fahren. Er duldet keine Widerrede.

Bei Dunkelheit schweifen die Gedanken weiter als am Tag. Warum sonst schießt mir plötzlich dieser Gedanke durch den Kopf, als ich aus dem unbeleuchteten Haus auf das nächtliche Grundstück trete: Was, wenn ich einen anderen Körper hätte und ein anderes Schicksal? Wir alle kennen solche Momente. Man steht an einem lauen Sommerabend auf einer Veranda und blickt auf einen See, während drinnen die Freunde feiern;

man wacht um drei Uhr morgens auf und ist allein. Augenblicke starker Entfremdung. Und mein Kopf rattert weiter: Was, wenn sich in dieser Nacht alles verändert? Was, wenn das Generatorhäuschen in die Luft fliegt? Das Nachtschwarz sickert in mein Gehirn.

Auf dem Rücksitz von Rotimis Wagen, einem alten Toyota, liegen Papierstapel und medizinische Fachbücher, darunter einige Wälzer, die auf Aufnahmeprüfungen im Ausland vorbereiten. Ich stelle einen großen Kanister in den Kofferraum. Am Ojodu/Berger-Terminal fahren wir auf den Lagos-Sagamu Expressway in Richtung Lagos. Nach zehn Minuten fahren wir bei Ogba raus und zur nächsten Abfüllstation. Doch dort gibt es keinen Diesel mehr. Wir fahren durch das gesamte Viertel, und auch bei den nächsten drei Stationen haben wir kein Glück: Entweder ist die Station geschlossen, oder sie ist geöffnet, hat aber keinen Diesel mehr. Die halbe Stadt wird mit Dieselgeneratoren betrieben, und Nigeria ist einer der führenden Rohölproduzenten weltweit. Die Unterversorgung ist völlig unerklärlich.

Schließlich fahren wir wieder auf die Schnellstraße, diesmal in die entgegengesetzte Richtung. Etwa fünf Minuten später finden wir eine Station, die Diesel hat. Beeindruckt beobachte ich, wie Rotimi mit der Frau an der Zapfsäule spricht. Er wechselt in einen lockeren Umgangston, der sofort die gesellschaftlichen Unterschiede zwischen ihnen aufhebt. Die unmissverständliche Botschaft lautet: Wir brauchen Sie, und es liegt in Ihrer Macht, uns zu helfen. Das Anzeigefenster der Zapfsäule zeigt siebenundsiebzig Naira pro Liter an. Ich sage ihr, wir möchten für zweitausendfünfhundert tanken. Sie füllt den Kanister vorsichtig auf, bis die Zahl an der Zapfsäule genau auf den gewünschten Betrag springt. Ich bedanke mich bei ihr und zahle mit zwei Tausend-Naira-Noten und einem Fünfhunderterschein. Als wir zurück auf die Straße fahren, lacht Rotimi und sagt:

– Du hast schon bemerkt, was gerade los war, oder?

– Ähm, nein. Was denn?

– Was hast du bezahlt?

– Zwei-fünf. Das wollte ich, und das stand auch an der Säule. Also keine Sorge, ich hab alles im Griff.

– Klar, aber hast du auch den angegebenen Literpreis gesehen?

– Siebenundsiebzig.

– Und wie groß ist dein Kanister? Fünfundzwanzig Liter, oder, *abi be ko*?

– Mann, ich versteh' nicht, worauf du hinauswillst.

– Wie war das? Du hast alles im Griff? Komm schon, *Omo*, jetzt rechne mal. Oder soll ich? Fünfundzwanzig mal siebenundsiebzig sind tausendneunhundertfünf-

undzwanzig. Jesus, sie hat uns fast sechshundert Naira
abgeluchst, einfach so.

Rotimi kichert und sagt dann:

– Aber mach dir nichts draus, so läuft das eben hier.

– Dieses verfluchte Scheißland.

Der angegebene Grundpreis je Liter und das Ticken
der ansteigenden Zahlen hatten mir vorgegaukelt, alles sei sauber und korrekt.

– Wir hätten sowieso nichts dagegen tun können.
So ist es überall, sie muss auch ihr Stück vom Kuchen
abbekommen. So müssen wir ihr wenigstens kein
Trinkgeld geben.

Wieder lacht er. Ich ärgere mich ein wenig, aber vor
allem fasse ich es nicht. Wie dreist die Leute sind. Ich
lächle und fluche noch einmal. Wir fahren, vor uns die
glühenden Rückleuchten und links von uns die aufblit-
zenden weißen Frontscheinwerfer der entgegenkom-
menden Autos. Als wir uns der Abfahrt Isheri Road
nähern, sage ich endlich, was mir schon den ganzen
Abend auf der Seele liegt:

– Rotimi, wie hast du, ich meine, wie hast du Solas
Tod verkraftet?

Das Unausgesprochene. 1993 ist es passiert, und
seitdem habe ich Rotimi nicht mehr gesehen. Von den
späten Siebzigern und bis weit in die Achtziger hinein
waren wir drei ganz eng. Ihre Mutter und mein Vater

waren auf dieselbe Schule gegangen, und als unsere Eltern innerhalb von drei Jahren drei Jungs bekamen, wurden wir natürlich die besten Freunde. Und so sind auf allen alten Fotos die Bamgbose-Boys zu sehen: an meinem fünften Geburtstag, am dritten Geburtstag seines Bruders Sola und am zehnten Geburtstag von irgendeinem anderen Freund. Sola war der jüngste von uns dreien, der Welpe, ein ausgelassenes, glückliches Kind und die Zielscheibe unserer Hänseleien. Rotimi und er waren immer an meiner Seite, während die Schwarzweißfotos in verwaschene Polaroids übergingen. Alle drei trugen wir die Rüschenhemden mit Fliege, die uns unsere Mütter bei Festen aufzwangen. Die Lichter der Nacht in Lagos durchbrechen die Dunkelheit im Wagen, als würden wir in regelmäßigen Abständen gescannt. Rotimis Gesicht hat jenen verhaltenen, in sich gekehrten Ausdruck, an den ich mich so gut erinnere. Doch als er zu reden beginnt, merke ich, dass er sich öffnen möchte.

– Es war sehr hart. Wir waren in derselben Klasse, trotz des Altersunterschiedes.

– Ich habe nie so richtig verstanden, was wirklich passiert ist. Es war ein Unfall, oder? Ihr wart doch damals auf diesem Internat in Abeokuta.

– Ja. Es war im ersten Jahr an der Secondary School. Ich war gerade fünfzehn geworden, Sola war vierzehn.

Er war immer einer der jüngsten in der Klasse. Jeden-falls, eines Tages kam ein Freund von ihm, einer der Tagesstudenten, mit einem Auto zur Schule, um die Internatsschüler zu beeindrucken. Das war natürlich nicht erlaubt. Und dann sprang der Wagen nicht mehr an, irgendwas war wohl kaputt. Also ließ sich der Jun-ge mit dem Auto von drei anderen Jungs anschieben, einer davon war Sola. Sie schieben an, der Motor springt wieder an, die drei Jungs lassen das Heck los und klettern aus Spaß auf den Kofferraum. Der Junge am Steuer bemerkt das nicht, gibt Gas und fährt los.

Wir haben die Schnellstraße hinter uns gelassen und bewegen uns durch den Stau am Busterminal auf das Wohngebiet zu. Rotimi spricht leidenschaftslos, aber das Gewicht des Ereignisses lastet auf jedem seiner Worte. Es ist etwa einundzwanzig Uhr. Noch immer warten die Danfos auf Fahrgäste, noch immer rufen die Touts, doch es sind weniger als noch vor einer Stunde.

– Alle drei fielen vom Auto. Zwei hatten nicht mal einen Kratzer, aber Sola war irgendwie mit dem Kopf auf der Straße aufgeschlagen.

– O Gott.

– An dem Abend war alles so merkwürdig. Nie-mand sagte mir, was los war. Alle wussten Bescheid, nur ich nicht. Wir waren im Speisesaal, und alle boten mir ihren Platz an oder gaben mir größere Portionen als sonst. Irgendwas war los, das wusste ich. Schließlich nahm mich einer der Aufsichtsschüler beiseite und sagte mir, dass mein Bruder einen Unfall hatte und im Krankenhaus sei. Am nächsten Morgen holten mich meine Eltern ab.

– Und wann haben sie dir erzählt, dass er tot ist?

– Erst als wir zu Hause ankamen. Alles war total unwirklich. Manchmal kommt es mir immer noch so vor – dass Sola plötzlich tot war. Fort, einfach so. Ich war allein. Ich bin nie mehr nach Abeokuta zurückgefahren. Im folgenden Semester wechselte ich auf eine Schule in Lagos.

Wir parken außerhalb der Wohnanlage und Rotimi schaltet den Motor ab. Wir bleiben sitzen. Nur das Geräusch der Generatoren auf dem Nachbargrundstück ist zu hören.

– Ehrlich gesagt, meine Mutter drehte fast durch. Im ersten Jahr war es sehr still im Haus. Es war unglaublich hart, für jeden von uns. Und jeder litt auf seine Weise.

– Das kann ich mir vorstellen. Und wie ist es jetzt?

– Es geht. Meistens zumindest. Sie sind zwar etwas überfürsorglich, aber das ist verständlich. Selbst wenn ich mal gar nicht so vorsichtig sein will, muss ich sofort an sie denken und zwinge mich zur Vorsicht, ihnen zuliebe. Einmal erzählte ich ihnen, ich sei Motorrad gefahren. Mein Vater hätte mir fast eine geknallt. Na ja, irgendwie hat er ja recht.

Wir lachen beide. Ich hole den Diesel aus dem Kofferraum und wische meine Hände an einem Lappen ab.

– Hey, danke für die Spritztour.

– Unsinn. Keine Ursache. Ich bin so froh, dich zu sehen. Ist verdammt lang her.

– Es war schön, mein Freund. Wir bleiben in Kontakt, ja? Sag mir Bescheid, wenn du Hilfe brauchst. Zum Beispiel, falls du die amerikanischen Qualifizierungstests machen willst. Melde dich bei mir, du hast ja meine E-Mail-Adresse, ich kann dir Formulare schicken, egal was. Das Programm, in dem ich bin, ist ziemlich klein, aber in New York gibt es viele Möglichkeiten.

– Auf jeden Fall.

Er lächelt und umarmt mich, als wolle er mich trösten. Dann steigt er in seinen Wagen, und als er losfährt, winkt er lange. Und weil es Nacht ist, hören meine Gedanken nicht auf, nach Alternativen zu suchen.

18

Ich stehe auf einem staubigen Feld, nur hier und da gibt es Flecken verdorrten Grases. Sechs Männer sitzen im Schatten eines großen Katappenbaums. Einer der Jüngeren trägt eine himmelblaue Mütze und ist auf einem Auge blind. Aus irgendeinem Grund denke ich, sein beschädigtes Auge würde zu mir herüberrollen und mich anglotzen. Es ist heiß, und niemand spricht. Vorn an der Mauer, die das Feld begrenzt, grast eine schwarze Ziege. Das Gras wächst so kurz und spärlich, dass die Ziege auf ihren Vorderbeinen kniet, um besser heranzukommen. Sie rupft erst an den Halmen auf der einen Seite und beugt sich dann über das andere Knie, um am nächsten Büschel weiterzunagen. Mit dem Kopf am Boden und dem Hintern in der Luft hebt sich das Tier deutlich von der schmutzig weißen Mauer ab. Es sieht aus wie ein Flugzeug, das gerade landet.

Das Feld gehört zu einer Schule, aber an diesem Tag

ist es ruhig, weil alle Kinder in die Weihnachtsferien gefahren sind. Es ist später Nachmittag. Wir warten auf einen Container. Meine Tante hat Ende der Achtzigerjahre eine Schule am Stadtrand von Lagos gebaut. Sie investiert ihr gesamtes Geld in die Ausstattung dieser Schule, damit sie mit den vielen anderen privaten Grundschulen der Stadt konkurrieren kann. Onkel Tundes Bruder hat im Oktober einen mittelgroßen Container in Chicago vollgeladen und ihn nach Lagos verschickt. Die Ladung besteht aus Büchern, persönlichen Wertsachen und einem drei Jahre alten Honda Civic. Das ist einer der günstigsten Viertürer auf dem amerikanischen Markt, aber für nigerianische Verhältnisse ein sehr gutes Auto. Der Container kam erst in der dritten Dezemberwoche in Apapa an. Doch das Feld, auf dem wir warten, gehört nicht zur Schule meiner Tante. Diese Schule hier ist älter und gehört einem Freund der Familie, Mr Wuraola. Sie haben sich gegen den Transport des Containers durch Lagos entschieden. Stattdessen wollen sie den Container auf Mr Wuraolas Feld in Surulere ausladen und den Inhalt dann in kleinen Schulbussen nach Ojodu bringen, um auf keinen Fall die Aufmerksamkeit von örtlichen Kriminellen zu wecken, die das plötzliche Auftauchen eines riesigen Containers durchaus als Aufforderung zum Raubüberfall auslegen könnten.

Es gibt ein Yoruba-Wort, *tokunbo*, das für die importierten Verbrauchsgüter aus zweiter Hand steht, die den nigerianischen Markt überfluten. Eigentlich bedeutet das Wort »aus Übersee«. Es ist auch ein Rufname für Kinder, die im Ausland geboren und dann wieder nach Hause gebracht werden. Das ist der vorrangige Gebrauch des Wortes, doch in seiner adjektivischen Verwendung ist es heute weit verbreitet. Tokunbo-Autos, Tokunbo-Kleidung, Tokunbo-Elektrogeräte. Vermittelte es ursprünglich ein mondänes Flair, so haftet ihm heute eine leicht pejorative Note an. Die Einfuhr von gebrauchten Gütern ist für den nigerianischen Binnenmarkt lebenswichtig, da die Fertigungsindustrie wenig entwickelt ist. Doch zusätzlich zum kommerziellen Importhandel ist auch die Zahl privater Warenimporte zum persönlichen Gebrauch gewachsen.

Das Warten an diesem Tag ist nur eines von vielen Ärgernissen. Hunderte Dollar Bestechungsgeld und inoffizielle Steuern haben wir bereits bezahlt. Am Vortag wurden wir am Hafen von einem aufgebrachten Zollbeamten zusammengestaucht, weil er von seinem Kollegen um seinen Anteil geprellt worden war. Der Container hat zwei Wochen Verspätung. Zwei Wochen und vier Stunden. Dann kommt er endlich. Godot ist angekommen, sagt mein Onkel. Godot ist auf einen Tieflader geschnallt und von Apapa über Schnellstraßen und kurvenreiche Landstraßen nach Surulere transportiert worden. Der Laster fährt aufs Feld. Die schwarze Ziege hört auf zu fressen und blickt auf. Sie stellt sich auf alle viere und läuft durch das Eingangstor davon. Sie lässt sich nicht mehr blicken. Die Männer unter dem Baum erwachen aus ihrem Halbschlaf. Der Container ist schnell geöffnet, und wir beginnen mit dem Ausladen. Zuerst nehmen wir die kleineren Kisten und bilden eine Kette, um sie in die Transporter umzuladen. Viele enthalten Schulbücher für verschiedene Klassenstufen; andere Produkte des täglichen Bedarfs wie Spülmittel, Parboiled-Reis und Glühlampen. Tante Folake und Mr Wuraola kontrollieren die Arbeit. Mr Wuraola, der sein rotes T-Shirt in eine Khakihose gestopft hat, sieht exakt so aus wie ein Amerikaner mittleren Alters.

Nachdem etwa die Hälfte der Kisten umgeladen sind, richten der Fahrer und sein Helfer die Seilwinde ein und lassen die Rampe herunter. Einer der Schulbusfahrer steigt in den Civic und manövriert den Wagen äußerst behutsam aus dem Container auf den Boden. Verglichen mit Autos, die bereits ein paar Kilometer auf den Straßen von Lagos hinter sich haben, glänzt der Wagen wie neu. Und in diesem Augenblick tauchen sie auf. Es sind drei. Schon von Weitem kann man den Ärger riechen. Wir unterbrechen unsere Arbeit. Zwei der Fahrer laufen den Männern sofort bis zum anderen Ende des Feldes entgegen, um sie aufzuhalten. Mr Wuraola wendet sich an seine Arbeiter und fragt:

– Wie sind die reingekommen? Wie sind die da reingekommen?

Wir sehen uns an. Mit schlaffen Armen stehen wir da. In seiner Khakihose und seinem roten T-Shirt tigert Mr Wuraola neben dem Auto auf und ab. Tante Folake sagt:

– Was wollen die?

Mr Wuraola sagt:

– Wie sind die bloß reingekommen? Ich hab euch doch gesagt, ihr sollt das Tor schließen.

– Es war geschlossen, Sir, sagt einer der Fahrer, aber nicht abgeschlossen. Sie müssen an den Riegel rangekommen sein und das Vorhängeschloss entfernt haben.

Die drei Männer blicken in unsere Richtung und gehen an den Fahrern vorbei, die ihnen entgegengelaufen waren. Als sie in Hörweite sind, bleiben sie stehen. Einer der Männer erhebt die Stimme:

– *Eyin ti l'owo, awa naa gbodo l'owo.* Ihr seid reich geworden, und wir müssen auch reich werden.

Area Boys. Arbeitslose Jugendliche aus den Rand-
vierteln von Lagos, berüchtigt für das Eintreiben von
Bußgeldern und das Kapern von Gütertransporten.
Sie operieren in Gangs und sind Paten unterstellt. Die
Stadt ist voll von ihnen, und weder die Gesetze des
Landes noch die Regeln des Anstands gelten für sie.
Es ist kein Geheimnis, dass die Polizei von Zeit zu Zeit
eine größere Anzahl von Boys tötet und ihre Leichen
in der Lagune entsorgt. Jeder, der in Lagos wohnt,
kennt Geschichten über die Area Boys, und es ist stadt-
bekannt, dass man in Lagos ohne ihre Unterstützung
keine Wahl gewinnt. Leise sagt Mr Wuraola zu meiner
Tante:

– Sie wollen Geld. Sie folgen den Containern von
Apapa bis dorthin, wohin sie gebracht werden, und
dann fordern sie Geld. Dasselbe haben sie auch bei
meinem Transport vergangenes Jahr gemacht.

Geld für nichts. Onkel Tunde ist wütend und läuft
ebenfalls neben dem Civic auf und ab. Die Männer, die
die Boys beschwichtigen sollten, sind zurück.

– Wir haben ihnen fünfhundert gegeben, Sir. Sie
wollen mehr. Sie sagen, sie wollen fünfzehntausend.

Mehr als einhundert Dollar – dafür, dass sie durchs
Tor gelaufen sind. Meine Tante denkt nicht daran zu
zahlen. Sie hat bereits zu viel für die Einfuhrabferti-
gung ausgegeben. Ihr Freund stimmt ihr zu. Außer-

dem trägt niemand so viel Bargeld bei sich. Die Area Boys sehen, dass wir beratschlagen. Sie schreien los.

– Wenn wir euch draußen begegnet wären, was dann? Wir hätten euch umbringen können!

– Ja, ihr habt Schwein gehabt, dass wir erst jetzt kommen. Ein Teil von eurem Reichtum, ist das zu viel verlangt? Niemand verlässt das Feld, bis wir haben, was wir wollen. Kapiert? Kapiert? Niemand rührt sich vom Fleck. Wir werden tun, was wir tun müssen.

– Genau. Wir reißen euch die Kisten auf und nehmen uns, was uns zusteht. Wir werden noch sehr reich heute. Vielleicht nehmen wir uns auch den Civic. Schickes Auto! Und wenn nicht, dann zertrümmern wir vielleicht die Windschutzscheibe.

Wir schweigen. Sie kommen näher. Mit blutunterlaufenen Augen und geschwellter Brust. Die Luft ist von Spannung erfüllt, hervorgebracht durch die Kluft zwischen unserem fassungslosen Schweigen und ihrer völligen Hemmungslosigkeit. Dann sollen sie doch ein paar Kisten aufmachen, sagt meine Tante mit wütender, gedämpfter Stimme. Vielleicht stehen sie ja auf Bücher. Wir sind ihnen zahlenmäßig überlegen. Drei gegen einen, wenn wir nur unsere Männer zählen. Besonders groß und kräftig wirken sie auch nicht. Aber das ändert nichts. Sie sind darauf gedrillt, Menschen zu verstümmeln und zu töten, wenn ihnen danach ist, während wir normale Leute sind, die ihrem Überlebensinstinkt folgen. Onkel Tunde wendet sich an Mr Wuraola:

– Wollen wir nicht die Polizei rufen? Ich hab ein Handy.

– Das hat keinen Sinn. Dann kommt die Polizei und will dreißigtausend. Am Ende bezahlen wir das Doppelte. Aber keine Sorge. Diese Jungs können uns gar nichts. Die tun nur so.

Ich bin mir da nicht so sicher. Die Boys stolzieren herum und schreien weiter. Die Fahrer versuchen alles, um sie zu besänftigen, und geben ihnen weitere fünfhundert Naira. Sie nehmen das Geld, wiederholen aber ihre Forderung nach fünfzehntausend. Die Anspannung steigt, die Minuten vergehen. Eine Viertelstunde. Die Area Boys hören auf zu schreien, aber sie laufen weiter herum und nehmen die Kisten und den Civic ins Visier. Aus irgendeinem Grund nähern sie sich uns nicht direkt. Sie bilden einen Halbkreis um uns, in dem sie sich ständig vor und zurück bewegen. Sie erinnern an Hyänen, die einen Kadaver umschleichen.

Wir sind verunsichert. Meine Tante sitzt in einem der Lieferwagen, das Gesicht auf die Hand gestützt, und beginnt leise zu weinen. Ich fühle mich wie eine Stimmgabel, in der ein mir fremder Wunsch nach Gewalt vibriert. Es gibt kein Entrinnen, und ich will auch nicht fliehen. Ich kann diesen Übergriff nicht länger ertragen, die Willkür und die Atmosphäre der Verzweiflung. Wenn sie angreifen, sage ich zu mir selbst, zerquetsche ich ihnen die Kehle. Ich halte mich für einen Pazifisten, aber ich will Blut vergießen, ich will verletzen oder verletzt werden. Die Endlosigkeit der Situation macht mich wahnsinnig, ich erkenne mich selbst nicht wieder.

Und dann, genauso unvermittelt, wie sie gekommen sind, verschwinden sie wieder. Sie drohen uns mit den Fäusten, drehen sich um und laufen zum Tor zurück. Erstarrt stehen wir da, als sie das Tor öffnen, hinaustreten und es hinter sich schließen. Der Himmel verdunkelt sich über Surulere. Mein Onkel fragt Mr Wuraola:

– Kommen sie zurück? Warten sie da draußen auf uns?

– Keine Sorge, das sind leere Drohungen. Aber ich denke, es wäre schlauer, das Auto heute Nacht hier stehen zu lassen und es in ein paar Tagen abzuholen. Hier auf dem Schulgelände ist es sicher. Die kommen nicht mehr zurück. Die nehmen nur noch dem Anhängerfahrer ein bisschen Geld ab, sobald er losfährt, aber bestimmt nicht viel. Er weiß schon, dass das zu seinen Unkosten gehört.

Wir machen mit dem Einladen weiter, diesmal arbeiten wir doppelt so schnell. Jeder rechnet damit, dass sie mindestens einem der vier Transporter auflauern werden. Wir vereinbaren, in einem dichten Konvoi zu fahren. Mein Onkel und meine Tante steigen in denselben Transporter, ich setze mich in einen anderen. Ich bin bedrückt. Ein solches Leben ist mir zu gefährlich. Die Steuern, die man für das Recht auf Privatbesitz zahlt, sind mir zu heftig.

Die Nacht bricht herein. Der Konvoi verlässt das Schulgelände. Die Fahrer blicken nervös nach links und rechts, während wir durch Surulere und dann auf die Western Avenue fahren. Als wir endlich auf offener Straße ankommen, atmen wir auf. Auf der Ikorodu Road wird der Verkehr dichter und wir verlieren uns aus den Augen. Der Transporter, in dem ich mitfahre, hat wenig Glück mit der ausgewählten Route: Wir fahren direkt in einen Stau, im Anthony Village kommt der Verkehr total zum Erliegen und dann erneut auf der Allen Avenue. Die Kraftprobe schläft wie eine Schlange in meinen Adern. Wir erreichen Ojodu zwei Stunden nach den anderen.

19

*Es darf nicht erwähnt werden, aber hier ist viel unter-
drückte Gewalt. Deshalb sind die Einzelheiten so las-
tend. Und ist es so schwer, das andere zu sehen, das
es auch gibt: einen gespiegelten Sonnenstrahl, der sich
über die Hausmauer bewegt und durch den unwissenden
Wald aus flimmernden Gesichtern gleitet, ein Bibelwort,
das nie geschrieben wurde: »Komm zu mir, denn ich bin
widerspruchsvoll wie du selber.«*

Einen Moment lang stelle ich mir vor, dass sich
diese Zeilen von Tomas Tranströmer auf Nigeria be-
ziehen. Sie passen gut auf unsere Situation. Die Widersprüche, die er beschreibt, sind die Widersprüche
der Poesie selbst, die Stimme, die sagt: vielleicht dies,
vielleicht jenes, vielleicht etwas anderes. Doch in einer
Atmosphäre ausgelöschter Vergangenheit sind Widersprüche verboten. Das typische Wohnzimmer der
nigerianischen Mittelschicht ist ein dunkler Ort. Mit

schweren Polstermöbeln verankert und mit mächtigen Stoffbahnen verhangen, die jeden Lichtstrahl verbannen, verkündet es seinen Gästen den Wohlstand der Gastgeber. Die Fenster werden nie geöffnet, die Möbel nie verrückt. Das sind die Regeln. Was ist das für ein Ort? Eine Chiffre, von einem Rätsel umschlossen.

Es ist später Vormittag, ein Mittwoch. Ich laufe ziellos durch Lagos. Am Morgen hat es einen unerwarteten kurzen Schauer gegeben, den einzigen Regen, den ich während der Wochen des Harmattans erlebe. Mit dem Regenguss kam plötzlich Bewegung in die verstopften Straßen. Alle rannten gleichzeitig los, um sich irgendwo unterzustellen. Der Regen in Lagos kommt, ungeachtet der Jahreszeit, immer überraschend. Doch jetzt ist die grelle Hitze zurück. An der Trasse der CMS-Abzweigung, durch die unaufhörlich menschliche Körper strömen, habe ich eine unerwartete, schwerwiegende Eingebung: Diese Stadt hat Tausende Kilometer entfernt einen heimlichen Zwilling. Ich sehe eine Leichenkette vor mir, die sich über den Atlantik von Lagos bis nach New Orleans erstreckt und die Städte miteinander verbindet. Einst war New Orleans der größte Umschlagplatz für menschliche Fracht in der Neuen Welt. 1850 gab es fünfundzwanzig Sklavenmärkte in der Stadt. Das ist nur deshalb ein Geheimnis, weil niemand etwas davon wissen will. Auf diesen Märkten feilschten Käufer um die schwarzen Männer und Frauen, die die Überquerung des Atlantiks überlebt hatten, doch dieser Teil der Geschichte ist heute buchstäblich versunken und war es schon lange vor der letzten Flut – er wurde versenkt in Trinkgelagen, Jazz und Mardi Gras. *High times*, die beste Medizin gegen Geschichte. Die Menschenladungen, die in New Orleans ankamen, stammten aus vielen Häfen, die meisten an der westafrikanischen Küste. Und auch das ist ein Geheimnis: Der geschäftigste Hafen von allen war Lagos.

Die Bruderkriege der Yoruba im achtzehnten und frühen neunzehnten Jahrhundert kurbelten den transatlantischen Menschenhandel enorm an. Es gab ständig Auseinandersetzungen zwischen den Ijebu, den Egba, den Ekiti, den Oyo, den Ibadan und vielen anderen Yoruba-Gruppen. Manche der kleineren Populationen wurden wahrscheinlich ausgelöscht, als die größeren Volksgruppen ihr Territorium erweiterten und ihre Macht konsolidierten. Die Besiegten wurden aus dem Binnenland an die Küste gebracht und entweder an Zwischenhändler in Lagos oder in den Gemeinden entlang der Lagunen, die sich westwärts bis Ouidah erstrecken, verkauft. Diese wiederum veranstalteten die Auktionen, bei denen Engländer, Portugiesen und Spanier ihren Bedarf deckten und ihre Barracoons und Sklavenschiffe füllten. Einige dieser Stammes-

kriege wurden mit dem ausdrücklichen Ziel geführt,
die Händler mit Sklaven zu versorgen. Fünfunddreißig
britische Pfund für jeden gesunden Mann, das war ein
lukratives Geschäft.

Dreihundert Jahre lang frequentierten Sklavenschiffe
das Mündungsgebiet des Niger-Deltas und durchquer-
ten das verzweigte Geflecht der Nebenflüsse zwischen
Lagos und Calabar. Hier waren keine Befestigungs-
anlagen vonnöten wie im ghanaischen Elmina oder
auf der senegalesischen Insel Gorée. In den ruhigen
Gewässern des Deltas konnten die Schiffe über Wochen oder Monate vor Anker gehen – so lange, wie
es dauerte, sie mit Sklaven zu füllen. Aufgrund dieser

geografischen Besonderheit gibt es so wenige sichtbare Hinterlassenschaften dieses so lange währenden leidvollen Geschäfts. Kaum etwas, das sich Touristen ansehen können. Einem Bericht des Sonderausschusses des britischen Unterhauses im Jahr 1848 zufolge wurden im frühen neunzehnten Jahrhundert jährlich Zehntausende Sklaven aus Afrika exportiert, viel mehr als in den Jahrhunderten davor. Zwischen 1835 und 1840 erreichte der Handel einen Höchststand von einhundertfünfunddreißigtausend Menschen pro Jahr. Trotz des britischen Sklavenhandelsverbots aus dem Jahr 1808 und der Präsenz der britischen Flotte in nigerianischen Gewässern wurden jährlich mehrere hundert Schiffe am Niger-Delta beladen. Laut Alan Burns' *History of Nigeria* segelten spanische, portugiesische und brasilianische Schiffe häufig unter amerikanischer Flagge, bis sie außer Reichweite der britischen Schiffe waren. Doch die Geschichte des Sklavenhandels an dieser Küste ist in Lagos unsichtbar. Kein Monument gedenkt dieser Wunde. Es gibt keinen Gedenktag, kein Erinnerungsmuseum. Nur ein paar Häuser in Badagry, wo ein paar Ketten und Fußfesseln ausgestellt werden, das ist alles. Faulkner schrieb: »Das Vergangene ist nicht tot; es ist nicht einmal vergangen.« Doch in Lagos schlafen wir traumlos den Schlaf der Unschuldigen.

Das alles geht mir durch den Kopf, als ich den

berühmten CMS-Buchladen (der heute CSS heißt) auf Lagos Island betrete. Vom Säulengang vor dem Buchladen aus kann ich die Area Boys sehen, wie sie gewerbliche Motorradfahrer anhalten und Geld abkassieren. Wer Widerstand leistet, wird hart in die Mangel genommen. Etwas weiter die Straße hoch habe ich die Polizei bei derselben Prozedur beobachtet. Polizeirazzien, wie sie es vermeintlich auch in New Orleans gibt. Unsere geteilte Schande. Zwischen den Säulen hat jemand Bücher auf dem Boden verteilt. Es sieht aus, als wäre der Buchladen ausgelaufen. Ich erblicke eine Ausgabe von Samuel Johnsons *A History of the Yorubas: From the Earliest Times to the Beginning of the British Protectorate,* aber ich finde den Preis von knapp dreitausend Naira zu teuer. Ungeachtet seines Namens war Samuel Johnson ein Yoruba. Er war Friedensaktivist, Priester der anglikanischen Kirche und bedeutender Historiker. Er schrieb sein Meisterwerk 1897. Seitdem hat es kein vergleichbar umfassendes Werk eines Yoruba-Historikers gegeben.

Der Ladenraum ist mir noch immer vage vertraut; als Schüler war ich regelmäßig hier, damals war es der beste Buchladen der Stadt. Meist kam ich in Begleitung meiner Mutter, wenn wir das gewünschte Buch weder in der Universitätsbuchhandlung in Akoka noch im Abiola Bookshop in Yaba finden konnten. Ich erinnere mich nicht, dass das Sortiment so begrenzt war wie heute: Angeboten werden nur wenige Arten von Büchern. Viele sind verstaubt, die Kanten beschädigt. Es gibt jede Menge Schulbücher für alle Altersstufen und eine Auswahl von Handbüchern zur Computerprogrammierung sowie Fachliteratur zu Buchhaltung und Rechtswissenschaften. Die größte Abteilung ist spirituellen und christlichen Büchern gewidmet. Während ich herumstöbere, kommt eine Frau herein und wendet sich kurz angebunden an einen Angestellten. Sie will wissen, wo die Bibeln stehen. Er führt sie zu einem gut bestückten Bereich, den einzigen, in dem sich mehr als ein Kunde aufhält. Die Titel künden von Variationen immer gleicher Themen: wie man schnell zu Geld kommt, indem man einige schlichte Grundsätze befolgt; wie man die göttliche Vorsehung für das eigene Leben erkennt; wie man den Grundsätzen der Pfingstkirche zufolge Gesundheit, Erfolg und Wohlstand sichert.

Das Regal für Belletristik ist klein. Neben einigen zerfledderten Exemplaren mit Dramen von Shakespeare und Soyinka gibt es eine Handvoll neu erschienener Romane, darunter Chimamanda Ngozi Adichies *Blauer Hibiskus* und Sefi Attas *Sag allen, es wird gut!* Beides sind Debütromane junger nigerianischer Frauen, die in den USA leben und wahrscheinlich hier vertreten sind, weil sie einen engagierten, jungen nigerianischen Verleger haben. Ein Exemplar von Dan Browns allgegenwärtigem Buch ist ebenfalls vorrätig. Außerdem sehe ich einen Stapel Bücher von James Hadley Chase, einem unbedeutenden Ian-Fleming-Epigonen, der schon während meiner Kindheit eine unerklärliche Beliebtheit genoss und es wohl immer noch tut. Aber wo sind die nigerianischen Schriftsteller, die in Nigeria leben? Wo steht die internationale Belletristik? Die Leserin neulich im Danfo hat ihr Buch ganz sicher nicht hier gekauft. Und die Dichter – sie fallen nur dadurch auf, dass sie überhaupt nicht vertreten sind.

Im hinteren Teil des Ladens gibt es eine Informationstheke, die ich ansteuere, um ein paar Fragen zu stellen. Aber die Frau hinter dem hohen Tresen ist zusammengesackt wie ein riesiges Tier, das mit einem einzigen Schuss erlegt wurde. Doch sie ist nicht tot, sie schläft nur, wie die Frau im Museum. Ein Standventilator dreht seinen schweren Kopf nach links und rechts und wieder nach links. Sanft bläst er über ihren Körper. Ich suche nach Tranströmers tanzendem Sonnenstrahl. Irgendwo hier muss er zu finden sein. Doch die Suche ist schwierig in einer Stadt, wo man das Gestern vergessen muss.

Warum gibt es hier keine Auseinandersetzung mit der Vergangenheit? Keinen Streit über Begriffe? Der

Kampf um verschiedene Versionen einer Geschichte, die den kreativen Geist einer modernen Gesellschaft ausmachen, hier wird er nicht ausgefochten. Wo sind die Stimmen, die einander widersprechen? Ich trete aus dem Laden in das gleißende Licht der Mittagssonne. Um mich herum der unwissende Wald flimmernder Gesichter. Die Area Boys sind noch beschäftigt, aber sie machen sicher gleich Mittagspause. Das Vergangene ist nicht einmal vergangen.

20

Ich habe mich davongestohlen. Ich reiste einfach ab, vollkommen überraschend für meine Familie. Nur ein Cousin meines Vaters, von dem ich mir einen Teil des Geldes für das Flugticket geliehen hatte, muss wohl etwas geahnt haben. Gerade hatte ich die Nigeria Military School, eine Sekundarschule mit militärischer Ausbildung, nach sechs Jahren abgeschlossen. Ich ließ mir eine Ausrede einfallen und blieb nach dem letzten Semester länger im Internat, um in aller Ruhe meine Pläne umzusetzen. Fünf Jahre zuvor hatte ich auf einer Türschwelle in unserem Haus in Ikeja gestanden und meinen Vater betrachtet, der von der Tuberkulose gezeichnet in seinem Bett lag.

Der Tod meines Vaters riss endgültig einen Abgrund zwischen meiner Mutter und mir auf. Das drakonische Leben im Internat wurde meine Zuflucht. Lieber schlug ich mich mit diesen Armeezöglingen herum und kämpfte ums Überleben, als mit meiner Mutter in einem großen stillen Haus zu sitzen und mich von ihrer Trauer erdrücken zu lassen. Unsere Beziehung war nie gut gewesen, aber im Laufe jener Jahre hatte sie sich merklich verschlechtert. Große Ferien verbrachte ich mit meinen Onkeln und Tanten, und als mein letztes Schuljahr bevorstand, wusste ich, dass ich Nigeria verlassen musste. Als sie im August 1992 meinen Brief aus New York erhielt, schrieb sie alarmiert zurück. Warum ich das getan hätte? Wann ich zurückkehren wolle? Warum ich handle, ohne an die Folgen zu denken? Ich las den Brief einmal und zerriss ihn. Dann habe ich ihr nie wieder geschrieben. Ich musste neu anfangen, allein, nach meinen Bedingungen. Und mehr Kontakt haben wir seitdem nicht gehabt, eine Übereinkunft des Schweigens, die ich, was mich noch heute wundert, durchgehalten habe. Auch die anderen, die ich zurückgelassen hatte, hörten so gut wie nie von mir, nicht etwa, weil es böses Blut gegeben hätte, sondern weil ich das Bedürfnis hatte, einen klaren Schnitt zu machen. Dazu kamen die Anforderungen, die mein neues Leben an mich stellte. Onkel Tunde schrieb mir, dass meine Mutter Nigeria kurz nach mir verlassen hätte und nach Kalifornien gezogen wäre. Er legte ihre Adresse bei, falls ich sie kontaktieren wollte. Bisher habe ich mich nur an der Ostküste und im Mittleren

Westen der Vereinigten Staaten aufgehalten: in New York, Wisconsin und in den letzten Jahren wieder in New York. Soweit ich weiß, lebt sie immer noch an der Westküste. Wir werden uns nicht über den Weg laufen.

Bei dieser Heimkehr überrascht mich am meisten, wie wenig mir die Erinnerung an sie bedeutet, wie bedeutungslos ich sie gemacht habe, selbst an Orten, wo wir gemeinsam waren, oder mit Menschen, die uns beide kannten. Und die Leute hüten sich, mich nach ihr zu fragen. Das bedeutet Fremdsein: Wenn man geht, hinterlässt man keine Lücke. Mutter war hier eine Fremde. Auch nach achtzehn Jahren hinterließ sie keine Lücke – als wäre sie nie hier gewesen. Und so bin ich vaterlos und mutterlos zugleich, auch wenn mich ihr hellhäutiges Gesicht von jedem Foto, von jeder spiegelnden Fläche anblickt. Ich durchstreife ganz Lagos und laufe sogar ein Stück die Straße entlang, die von der Universität zur Yaba-Bushaltestelle führt, entlang des Atan Cemetery, doch ich schaffe es nicht, anzuhalten und an das Grab meines Vaters zu treten.

Im Dezember wird die Stadt vom Staub erstickt. Doch an einem Freitagmorgen in der dritten Dezemberwoche regnet es, als ich gerade das Haus verlassen habe, plötzlich in Strömen. Es ist eine Erleichterung, doch das Vorwärtskommen wird zur Qual. Wo vorher seichte Mulden waren, sind jetzt Seen. Bäche ergießen sich entlang der Straßen. Eine halbe Stunde lang stürzt Regen ohne Unterlass herab. An der Allen Avenue sehe ich hinter dem grauen Schleier der geschlossenen Fensterscheiben einen aufgeregten Schwarm limettengrüner Hemden und Blusen, gelber Hosen und Röcke: Studenten, die vor dem Regen ins Trockene flüchten. Sie lachen, euphorisiert vom Wetter und der Aufregung des gemeinsamen Spurts, doch sie bleiben tonlos unter dem Trommeln des schweren Regens auf meinem Autodach. Langsam fahre ich durch diesen Traum stürmender Körper.

Der Regen hört genauso abrupt auf, wie er angefangen hat. Die Stadt ist besänftigt und besiegt wie nach jedem Wolkenbruch. Die Straßen sind frei, die Luft ist frisch, und als ich von der Ikorodu Road abbiege, muss ich nur wenige Pfützen umfahren. Ich bin auf dem Weg zu einer alten Freundin. Ich nenne sie Amina. Sie ist inzwischen eine Frau, wir sind gleichaltrig, aber als ich sie das letzte Mal sah, war sie ein Mädchen und ich ein Junge, und gemeinsam hatten wir gerade den Moment der ersten Liebe erlebt. Unsere Liebe, die ein paar Monate währte, habe ich seitdem immer im Herzen getragen. Sie ist eine meiner wenigen schönen Erinnerungen an diese Stadt. Vor Kurzem haben wir über E-Mail wieder Kontakt aufgenommen. Wir haben nicht geredet über das, was war, doch jetzt bin ich auf dem Weg zu ihr.

In der Nähe von Akoka, auf einer Straße, die ich gut kenne, werde ich rausgewinkt. Ein schneidiger Polizist in schwarzer Uniform läuft auf mein Auto zu. Er hat einen hungrigen Blick und den schlendernden Gang eines viel größeren Mannes, raumgreifend und beherrscht. Sein ebenso schneidiger Kollege kommt nicht aus dem notdürftigen Unterschlupf hervor, der sich ein Stück abseits der Straße befindet: eine Bank, vier Holzpfosten und ein Blechdach. Das Versteck eines Heckenschützen.

– Guten Tag, Officer!

– Sie wissen, warum ich Sie angehalten habe?

Seine Bestimmtheit beunruhigt mich. Nein, antworte ich ruhig, das weiß ich nicht.

– Was bedeutet dieses Schild?

Er zeigt auf ein Schild hinter uns. Die Stange ist verbogen, das Schild selbst von einem Baum verdeckt.

– O Gott, das habe ich nicht gesehen. Das war doch noch nie eine Einbahnstraße. Das muss ein neues Schild sein.

Es handelt sich natürlich um Betrug. Das Schild ist mit Absicht versteckt worden.

– Die ganze Strecke ist eine Einbahnstraße, bis zur Universität.

– Das wusste ich nicht. Tut mir leid, hab ich nicht gewusst.

Er lacht vor sich hin. Dieser Moment wurde gut einstudiert.

– *Tut mir leid* reicht leider nicht.

– Ich hab das Schild nicht gesehen. Ich wusste von nichts.

– Das Schild ist nicht für Leute, die es wissen, *oga*. Das Schild ist für Leute, die es nicht wissen. Die Situation ist bedauerlich, aber das Schild ist für Leute wie Sie. Sie müssen leider mit aufs Revier kommen.

Minuten werden vergeudet. Ich habe keine Lust, den ganzen Nachmittag zu verschwenden, um dann ein »Bußgeld« zu bezahlen, das in unrechte Hände gelangt. Schließlich rückt er mit seiner Forderung heraus, beziehungsweise bringt mich dazu, sie zu benennen.

– Und was machen wir jetzt, Officer? Vielleicht tausendfünfhundert, damit Sie sich was zum Essen kaufen können?

Seine Eröffnungsforderung beträgt fünftausend Naira. Es gelingt mir, meine Empörung zu verbergen und ihn auf zweitausendfünfhundert herunterzuhandeln. Ich reiche ihm das Geld und starte das Auto. Ihr Leute solltet die Gesetze kennen, ruft er mir nach. Egal, wer Sie sind, das Gesetz macht keinen Unterschied.

Ich richte meinen Blick auf die Straße. Ich schäume vor Wut.

Amina wartet vor dem Haus, um mich zu empfangen. Sie ist immer noch dieselbe: mädchenhaft, schlank, pausbäckig. Normalerweise trägt sie einen Afro, aber heute ist ihr Haar schlicht geflochten. Mein Blick fällt auf ihre verkrüppelte Hand (ein Küchenunfall), die sie nicht zu verbergen versucht. Drei Finger, zwei Stümpfe. Ich setze das Auto zurück in die Einfahrt des Zweifamilienhauses; es ist das Zuhause einer Mittelschichtsfamilie: eine Erdgeschosswohnung mit vielleicht zwei oder drei Zimmern und einer Außenfassade, deren Anstrich teilweise vergraut ist. Klimaanlagen ragen aus mehreren Fenstern, und irgendwo summen ein oder zwei Generatoren. In der Tür steht ein Mann, ich nehme an, ihr Ehemann. In seinen Armen schläft ein kleines Kind.

– Mein Mann Henry. Meine Tochter Rekia. Bitte komm herein. Hier entlang.

Wir spielen erwachsen.

Im Wohnzimmer hängen schwere Vorhänge, die bis zum Boden reichen und alles abdämpfen. Nun sieht sie nicht mehr so mädchenhaft aus. Die Einrichtung färbt auf ihre Stimmung und ihren Körper ab. Sie wirkt ernster. Unter ihren Augen entdecke ich Tränensäcke und auf ihren Wangen ein paar Hitzebläschen, dann wandert mein Blick zu den Stümpfen ihres Mittel- und Ringfingers. Durch eine Spalte zwischen den Vorhängen fällt ein weißer Lichtkegel. Das Gespräch verläuft höflich. Henry ist ein netter Mann mit schmalen Schultern und Bauchansatz. Der Flachbildfernseher ist auf lautlos gestellt, es läuft ein Nollywood-Drama.

Er ist Banker und hat am Freitagvormittag frei. Amina hat vor Kurzem das Bankgeschäft verlassen und sucht nach etwas Neuem. Sie sagt, sie freut sich über die Gelegenheit, mehr Zeit mit ihrer Tochter zu verbringen, aber es klingt etwas pflichtschuldig. Ich frage sie, wie es mit dem Pendeln zur Arbeit läuft und ob sie sich mehr Kinder wünschen. Sie wollen wenig über mich wissen, fragen allerdings, ob ich zum Mittagessen bleiben möchte, doch ich sage Nein. Sie hat ihm vermutlich von mir erzählt: das erste Herz, das sie gebrochen hat (oder vielleicht war es umgekehrt). Es wäre anders, wenn ich sie alleine getroffen hätte, ohne diesen Fremden, der nichts von unseren Gesprächen weiß, unseren Briefen (angestrengte geschwungene Lettern auf parfümiertem Papier, wo sie wohl abgeblieben sind?), den längst vergangenen Tagen, an denen wir gemeinsam die Schule schwänzten, unserem Lampenfieber beim ersten Mal, der Scham und Glückseligkeit hinterher. Und von unserem Verlangen, mit dem wir es danach wieder und wieder taten, wann immer es ging, unersättlich wie seitdem nie mehr.

Die Sprechpausen werden immer länger. Es herrscht

eine angespannte Stimmung wie in einem Wartezimmer, und ich frage mich, warum ich gekommen bin, warum ich erneut versucht habe, etwas Unmögliches wiederzuerlangen. Ich erzähle ihnen von meiner Begegnung mit dem Polizisten, bemühe mich aber, nicht zu verärgert zu klingen.

– Da siehst du mal, was wir in diesem Land über uns ergehen lassen müssen, sagt sie und lacht. Aber du hast viel zu viel gezahlt. Eintausend Naira hätten gereicht.

Ich höre mir ihr Lachen genau an. Ich kann es nicht ganz mit meiner Erinnerung daran in Einklang bringen. Vielleicht ist es dunkler oder auf andere Weise verändert. Sind die Spuren jenes Tages, an dem ihre Hand in die Küchenmaschine geriet, immer noch in ihren Bewegungen ablesbar? Ein Stromstoß sei der Auslöser gewesen, erzählte mir ein gemeinsamer Freund. Etwas sei abgeglitten, irgendwie, oder sie hätte in die Maschine gegriffen. Die Messer hätten gesurrt, und sie hätte viel Blut verloren.

Ich bin noch in diesen Gedanken vertieft, als Henry eine Frage an mich richtet.

– Entschuldigung, wie bitte?

– Ich habe gefragt, ob Sie sich vorstellen können, wieder hierherzuziehen?

– Wer weiß? Wenn die Bezahlung stimmt, und die

Dinge sich fügen. Banker haben es leichter als Ärzte. Wir haben gute Banken und schlechte Krankenhäuser.

Das Gespräch stockt wieder. Draußen der Verkehr. Die Generatoren. Es sind viele Leben und viele Jahre, und nur wenige Momente, in denen sich Leben wirklich spürbar berühren.

Keinen Augenblick lang ist Amina ungeschickt, nicht einmal, als sie mir mit ihrem klauenartigen Griff ein Glas Wasser reicht. Sie schreibt mit der linken Hand. Sie musste das Schreiben neu lernen (doch das alles weiß ich nur vom Hörensagen) – mit einer anderen Hand als der, die mir geschrieben hat. Im Fernseher zoomt die Kamera auf einen Mann mit aufgerissenen Augen, dann ein Schnitt und ein Close-up auf einen anderen Mann; die beiden liefern sich ein Blickgefecht. Schließlich wacht das Mädchen auf. Hallo Rekia, sage ich. Schüchtern schaut sie weg.

Amina sagt:

– Du hast also darüber nachgedacht zurückzukommen?

– Ja, ich habe darüber nachgedacht.

Das ist die Antwort, die andere in meiner Situation geben. Es werden Wochen vergehen, bis es wieder regnet. Als ich aus dem Haus komme, wische ich die Tropfen vom Rückspiegel. Ich möchte die drei gut sehen können, wenn sie mir zum Abschied hinterherwinken.

Sie stehen eng zusammen und werden immer kleiner, wie die Heilige Familie auf einem Medaillon.

21

Ich flüchte vor der Familie in die Stadt, um ihren Launen nachzuspüren: der Lethargie des frühen Morgens, dem Stress der Nachmittage, den stillen, lichtlosen Nächten, die vom Summen der Generatoren durchdrungen werden. Während dieser ziellosen Spaziergänge komme ich wirklich in der Stadt an. Die Tage vergehen. Und gegen meine Erwartung schwelge ich nicht in meiner Kindheit. Ich suche meine alten Schulen nicht auf, ich forsche nicht nach alten Freunden.

Einige Tage vor Weihnachten laufe ich nachmittags ziellos die Allen Avenue entlang, als ich das Schild eines Jazz-Plattenladens sehe. Ich folge den Pfeilen und betrete einen kleinen Raum im hinteren Teil des Gebäudes. Hier also wird der Geschmack einer kleinen Minderheit bedient. Die vielen Plattenläden an den Hauptstraßen haben ausschließlich nigerianische und populäre schwarze amerikanische und karibische

Musik: Hip-Hop, Dancehall, Reggaeton. Der Raum ist voller Glasregale und Spiegel und sieht aus wie die verkleinerte Kulisse der finalen Kampfszene in Bruce Lees *Der Mann mit der Todeskralle*. Die Glasregale enthalten eine beachtliche Musikauswahl. Etliche süßliche Smooth-Jazz-Aufnahmen, aber auch viele große Namen: Miles Davis, Thelonious Monk, Sonny Rollins und andere. Die Abenteurer des zeitgenössischen Jazz wie Vijay Iyer und Brad Mehldau sind ebenfalls gut vertreten. Die Ladendecke besteht wie die Wände aus Spiegeln. Die reflektierenden Oberflächen in Kombination mit der fluoreszierenden Beleuchtung lassen den Raum jedoch nicht größer wirken, sondern merkwürdigerweise kleiner und unheimlicher, als wäre man in einen dieser Camera-obscura-Kästen gesteckt worden, die bei den ersten niederländischen Linsenschleifern so beliebt waren.

Als ich in den Laden komme, stehen ein Mann und eine Frau an der Kasse und reden miteinander, während die Frau Eintragungen in einem Rechnungsbuch macht. Ich schaue mich im Laden um, und nachdem ich mir einen Überblick verschafft habe, frage ich nach den Preisen.

– Oh, tut mir leid, aber wir verkaufen nichts.

– Wie bitte?

– Die CDs sind nicht zum Verkauf, es sei denn, Sie

wären bereit, dreitausendfünfhundert pro Stück aus-
zugeben.

Ich bin verwirrt. Ein Jazzladen, aber die CDs sind
nicht verkäuflich, außer ich zahle fünfundzwanzig
Dollar pro Stück. Ein absurder Preis. Die meisten CDs
würden mich in den USA höchstens fünfzehn Dollar
kosten, einige Reissues sogar erheblich weniger. Was
meint sie?

– Aber falls Sie etwas finden, was Ihnen gefällt,
können wir Ihnen gern eine Kopie machen. Von jeder
CD im Laden. Das kostet tausend Naira. Doch die Ori-
ginale sind leider nicht verkäuflich.

Ein völlig normales Geschäft in einer der belebte-
ren Geschäftsstraßen der Stadt, das sich an eine kulti-
vierte Kundschaft richtet, und hinter dem offiziellen
Schild floriert der Handel mit Raubkopien. Haben sie
eine Vorstellung davon, was sie anrichten? Oder kann
man sich auf Kultur berufen, ohne sich um die Gesetze
zu scheren, die kulturelle Kreativität schützen? Eine
Woche später besuche ich ein anderes Geschäft an
der Awolowo Road im Stadtteil Ikoyi. Dort finde ich
endlich eine inspirierende Atmosphäre, die mir zu-
sagt. Das Jazzhole ist eine Mischung aus Musik- und
Buchladen. Der Besitzer gehört zu einer kleinen, aber
beharrlichen Gruppe von nigerianischen Kulturinno-
vatoren. Die Präsentation ist hervorragend, so gut wie

in vergleichbaren westlichen Geschäften; betritt man den Laden durch den breiten Eingang, stößt man zuerst auf eine große Auswahl Jazz, afrikanischer und anderer internationaler Musik, weiter hinten sind Reihen um Reihen mit Büchern für ein allgemeines Publikum. Der Laden hat eine kühle und dezente Einrichtung. Hier also, sage ich zu mir selbst, ist er endlich, der tanzende Sonnenstrahl, nach dem ich gesucht habe.

Ich sehe Musik von Ali Farka Toure und von Salif Keïta. Es gibt Bücher von Philip Roth und Penelope Fitzgerald, und wie gehofft, finde ich sogar Michael Ondaatje. Die Preise sind hoch – zwar nicht höher als in jedem amerikanischen oder britischen Geschäft, aber sicherlich zu hoch für die meisten Nigerianer. Doch da es kaum gute Bibliotheken oder andere Geschäfte gibt, ist die bloße Gewissheit, dass dieser Ort existiert, das Entscheidende für alle, die es nach geistiger Nahrung verlangt. Und lieber bezahlt man hohe Preise, als ganz darauf zu verzichten. Doch illegale Geschäftsmodelle wie das des anderen Jazz-Ladens bedrohen diese enorm wichtige Arbeit. Die Leute von Jazzhole haben zudem ein Plattenlabel – unter anderem veröffentlichen sie die Alben eines Highlife-Musikers mit dem wunderbaren Namen Fatai Rolling Dollar – und einen Verlag gegründet. Eines ihrer jüngsten Projekte ist *Lagos: A*

City at Work, ein aufwendig gestaltetes Kompendium mit Fotografien und Texten über das Arbeitsleben in Lagos. Es beinhaltet Beiträge nigerianischer Denker, Autoren und Fotografen, die dem »non-linearen Wesen« der Stadt auf der Spur sind; das Buch ist eine brillante Auseinandersetzung mit diesem Behemoth menschlicher Siedlungstätigkeit. Und mir fällt nur ein Wort ein, das meine Gefühle für diese Beiträge zum Leben in Lagos zum Ausdruck bringt: Dankbarkeit. Sie sind da, die Kreativen, trotz allem. Und wir brauchen sie, denn sie sind Hoffnungsträger, und Hoffnung ist es, was diese Stadt braucht, so wie jeder Ort auf unserer begrenzten Erde.

22

Ich sitze im Lieferwagen mit Tante Folake und Onkel Bello. Sie haben Erledigungen zu machen, und ich nehme die Mitfahrgelegenheit gern wahr. Ich genieße jeden Moment mit ihnen. Meine Tante ist eine gläubige Christin, die jeden Morgen um fünf Uhr aufsteht, um noch vor Sonnenaufgang eine Stunde in der Bibel und anderen devotionalen Texten zu lesen. Ihr Bruder ist ein engagierter Muslim. Er ist Mitglied der Nasrul-Lahi-Il Fathi Society of Nigeria, kurz NASFAT, der größten islamischen Renewal-Organisation in Lagos. Mit seinem friedfertigen Temperament verkörpert er das absolute Gegenteil von einem Dschihadisten, was regelmäßig Grund zur Belustigung liefert, wenn seine Schwester und sein Schwager ihn wieder einmal mit dem Spitznamen »Mr Osama« necken. Doch soweit ich weiß, sprechen sie eigentlich nie über Religion und versuchen erst gar nicht, einander zu bekehren.

Heute Morgen müssen wir ein paar lebende Hühner kaufen, einige große Kanister mit Palmöl auffüllen und die geflickten Koffer vom Ledermacher abholen. Während wir also kreuz und quer durchs Viertel fahren, sehe ich zum ersten Mal, wie dicht selbst die Randbezirke der Stadt inzwischen besiedelt sind. Hier draußen, am immer weiter werdenden Rand der gigantischen Metropole, herrscht beinahe so etwas wie ein reges Dorfleben. Man spürt zwar die urbane Dichte, doch im Rhythmus der immer gleichen Interaktionen ist das Leben hier, entrückt von den Schnellstraßen und Busstationen, träge und weniger hektisch.

Die Verkäuferin füllt fachmännisch die exakte Menge Palmöl ab. Das Fließen der geschmeidigen Flüssigkeit sieht schön aus, wie eine orangefarbene Schnur gleitet sie von einem Gefäß ins andere, schimmernd wie gesponnene Seide. Auf der anderen Straßenseite, gegenüber der Ölverkäuferin, steht eine lange Schlange von Kindern und Frauen, die Wasser abfüllen. Sie tragen bunte Plastikschüsseln unterm Arm und warten geduldig, bis sie an der Reihe sind. Der einzige Wasserhahn ist durch ein Rohr mit dem Zaun eines großen Privathauses verbunden. Doch wie funktioniert das eigentlich? Meine Tante erklärt:

– In dieser Gegend gibt es keine staatliche Wasserversorgung, also macht ein reicher Privatmann sein

Geschäft damit. Er bringt alles mit: Bohrloch, E-Pumpe, Unterwassertank und oberirdischen Wasserspeicher. Das ganze System. Er installiert einen Hahn vor seinem Haus, stellt einen Aufpasser daneben und lässt ihn pro Eimer abkassieren. Fünfzehn Naira pro Eimer, zahlbar per Vorkasse, bevor man überhaupt einen Tropfen Wasser abgefüllt hat.

Ich beobachte ein höchstens acht Jahre altes Mädchen, wie sie mit äußerster Behutsamkeit ein überlaufendes Gefäß auf ihrem Kopf platziert. Es wackelt auf ihrem Kopf, bleibt aber stehen. Mit Bedacht wählt sie ihren Weg über die Straße, setzt trittsicher einen Fuß vor den anderen und verschwindet in einem der kleinen Häuser. Ein Leben am Rande. Menschen, die jeden Tag Wasser kaufen müssen. Haben sie kein Geld, haben sie auch kein Wasser. Und wenn es welches gibt, ist jeder Tropfen Quintessenz. Wir fahren weiter. Ein Gedanke führt wie so häufig zum nächsten, und ich muss an Ben denken. Ben ist ein junger Mann, der für das National Youth Service Corps an der Schule meiner Tante arbeitet. Ich sage:

– Ich mag Ben irgendwie.

– O ja. Er ist ein guter Typ. Arbeitet sehr hart und gewissenhaft. Er ist übrigens Ogoni.

– Das wusste ich gar nicht. Die haben wirklich viel durchgemacht. Die ganzen Ölgewinne, und sie haben nichts abgekriegt. Nigeria hat die Ogoni schlecht behandelt. Die Hinrichtung von Ken Saro-Wiwa, die Unterdrückung durch die Militärs, die Umweltzerstörung.

Ich steigere mich in das Thema hinein. Dann sagt mein Onkel:

– *Awon ko l'o m'an je'yan ni?* Das sind doch die, die Menschen essen, oder?

Ich lache. Ich bitte dich, Onkel, jetzt reicht's aber. Wieso glaubt ihr Nigerianer eigentlich jedem Gerücht? Manchmal denken wir – und was ich meine, ist: denkt ihr – immer noch so sehr in Stammesbegriffen. Wie steht's überhaupt mit den Sitten unserer Yoruba? Haben wir nicht auch irgendwelche königlichen und ziemlich unvegetarischen Rituale im Repertoire?

Beide lachen. Die Küken auf dem Rücksitz gackern los, beruhigen sich aber gleich wieder. Onkel Bello sagt:

– Aber von wegen Gerüchte. Das sind keine Gerüchte! Okay, ich erzähle dir eine Geschichte von meiner Freundin Constance. Constance arbeitet in derselben Firma in Agidingbi wie ich. Sie stammt aus Ondo, wurde aber für ihr Dienstjahr beim National Youth Service Corps ins Ogoni-Gebiet geschickt. Ach ja, und sie ist ein *afin*, ein Albino. Während ihrer Einführungswoche in einer relativ abgelegenen Gegend, also in der Nähe der Stammesgebiete, gab es in drei aufeinanderfolgenden Nächten einen Riesenkrach an den Eingangspforten. Leute, die sangen und johlten und bis tief in die Nacht hinein an den Toren rüttelten. Irgendwann fragten sich die Leute vom Youth Service, was da eigentlich vor sich geht. Sie fragten herum, und es stellte sich heraus, dass es Leute aus dem Dorf waren, die daran glaubten *pe afin o b'osi rara, won fe fa sita, won fe pa je*. Ganz genau! Sie wollten den Albino, um ihn kochen und essen zu können.

Ich reiße die Augen auf. Meine Tante kichert. Die besondere Wortwahl in Yoruba macht die Geschichte noch lustiger.

– Arme Constance. Glaub mir, sie war am nächsten Tag sehr schnell weg dort! Sie hat ihr Jahr in Lagos gemacht, und kurz danach fing sie in unserer Firma an.

Und dann fügt er hinzu:

– Also sei vorsichtig bei Ben. Du weißt nie, wann er mal wieder Hunger kriegt.

Was für eine schreckliche Geschichte. Die gesamte Heimfahrt über hatten wir Lachkrämpfe.

23

Manchmal führt Absurdität dazu, dass man lachen muss. Und manchmal kann man nur fassungslos schweigen. Kurz bevor ich von New York nach Lagos aufgebrochen bin, gab es in Nigeria ein Flugzeugunglück. Ein Flugzeug der Bellview Airline war auf der Route von Lagos nach Abuja drei Minuten nach dem Start abgestürzt, direkt über den Wäldern bei Lissa, einem Dorf im Staat Ogun. Keiner der einhundertsiebzehn Passagiere an Bord überlebte. Man versprach, eine staatliche Untersuchungskommission einzurichten, und es gab viel öffentliches Händeringen und Debatten über landesweite Gebets- und Trauertage. Zwei Monate später, als ich bereits in Nigeria bin, stürzt zwischen Abuja und Port Harcourt ein Flugzeug der Sosoliso Airline ab. Einhundertsechs Menschen kommen ums Leben, zwei überleben. Unter den Opfern sind fünfundsiebzig Schulkinder, die sich zu Ferienbeginn auf dem Weg nach Hause befinden. Fast alle sind Schüler des Jesuiten-Internats Ignatius Loyola. Viele Eltern werden Zeugen des Absturzes, weil das Unglück beim Anflug über der Landebahn passiert. Die Feuerwehr hat kein Wasser und muss tatenlos zusehen, wie das brennende Flugzeug seine Passagiere einäschert. Es gibt entsetzliche Szenen mit Eltern, die sich über bis zur Unkenntlichkeit verbrannte Kinderleichen streiten. Einige Tage später organisieren betroffene Mütter einen friedlichen Protestmarsch in Lagos. Diese Mütter, die bis zu drei Kinder verloren haben, werden von der Polizei mit Tränengas besprüht, und das ist das Ende der Geschichte. Es gibt keine weiteren Proteste und auch keine Entschädigung.

In Nigeria bekomme ich häufig die Redewendung *idea l'a need* zu hören, also in etwa: Man braucht nur eine prinzipielle Idee, das Konzept. Man sagt das bei allen möglichen Gelegenheiten und meint: Das ist gut genug, kein Grund, sich in Details zu verlieren. Immer wieder höre ich diesen Spruch. Der Elektriker installiert eine Fernsehantenne, und als wir anstelle der versprochenen dreißig Kanäle nur CNN empfangen, und das mit schlechtem Bild, sagt niemand, der Elektriker hätte einen schlechten Job gemacht. Alle finden, das wird schon, schließlich gilt *idea l'a need*. Wozu scharfen Empfang, wenn man unscharfen haben kann? Ein andermal, als ich mit einem der Schulbusfahrer unterwegs in der Stadt bin, bemerke ich, dass der Verschluss des Sicherheitsgurts kaputt ist. Ach so, zieh doch einfach den Gurt über die Brust und setz dich aufs Ende, sagt der Fahrer – *idea l'a need*. Es geht nicht um Sicherheit. Es geht um den Anschein von Sicherheit.

Zur Zeit des zweiten Flugzugabsturzes will ich von Lagos nach Abuja fliegen. Ich finde, dass sich das Risiko in Grenzen hält, aber meine Familie ist anderer Meinung. Ich kaufe das Ticket trotzdem und sitze nur eine knappe Woche nach dem letzten Absturz im Flieger. Ich habe großes Zutrauen in statistische Wahrscheinlichkeiten, aber während des Flugs frage ich mich dann doch: Wann sind zuletzt zwei Linienflugzeuge in einem Land innerhalb von nur sechs Wochen abgestürzt? Und wenn zwei, warum dann nicht drei? Die Situation in Nigeria ist speziell. Es gibt gute Gründe, Angst zu haben. Nigeria Airways, die nationale Fluggesellschaft, ist nach jahrelanger Misswirtschaft pleitegegangen. An ihrer Stelle bedienen heute ausländische Fluggesellschaften die lukrativen Routen zwischen Lagos und Europa. Etliche Privatunternehmen bieten Flüge innerhalb Nigerias und Westafrikas an. Täglich gibt es mehrere Flüge zwischen Lagos und Abuja. Doch obwohl Flugreisen in Afrika weniger als vier Prozent des globalen Flugverkehrs ausmachen, stürzen mehr als ein Viertel aller Flugzeuge dort ab. Offizielle Untersuchungen nigerianischer Flugunglücke zeigen, dass viele private Airlines alte Maschinen einsetzen. Manche sind seit über dreißig Jahren in Betrieb; sogenannte *tokunbo*, die von europäischen Flugunternehmen ausrangiert wurden. In einem Land, in dem es nicht üblich ist, Dinge instand zu halten, sind Katastrophen damit vorprogrammiert.

Ein anderes großes Problem ist die Korruption. Die Luftfahrtbehörde versuchte vergeblich einen Vorschlag durchzusetzen, der vorsah, alle Flugzeuge aus dem Verkehr zu ziehen, die länger als zweiundzwanzig Jahre im Einsatz sind. Wäre man dieser Empfehlung gefolgt, hätten die jüngsten Flugkatastrophen womöglich vermieden werden können. Nach Stand der Dinge besteht kaum Zweifel daran, dass beträchtliche Summen Schmiergelder geflossen sind, damit die alten Flieger weiter abheben. Am Tag meines Hinflugs erteilen die Behörden den Airlines Sosoliso und Chanchangi Flugverbot. Das Verbot wird kurze Zeit später wieder aufgehoben. Am Tag meines Rückflugs nach Lagos müssen landesweit alle Boeing 737, unabhängig von der Fluggesellschaft, am Boden bleiben. Erhebliche Verspätungen an den Flughäfen sind die Folge. Als wir mit sechsstündiger Verspätung endlich an Bord gehen, gibt es von Virgin Nigeria dazu keine Erklärung.

Die Situation in Nigeria erinnert an die Cargo-Kulte in Melanesien. Die Pazifikinsulaner legten Landebahnen im Wald frei und konstruierten »Kontrolltürme« aus Rafia-Bast und Bambus, die wie parodistische Nachahmungen der modernen Luftfahrt aussahen. Sie glaubten, mit Hilfe dieser Einrichtungen materielle Segnungen der Himmelsgötter zu gewinnen. Auch den Nigerianern fehlt manchmal das philosophische Rüstzeug, die materiellen Güter zu beherrschen, die sie so gerne konsumieren wollen. Wir fliegen, aber wir bauen keine Flugzeuge, und erst recht investieren wir nicht in die Luftfahrtforschung. Wir verwenden Handys, aber wir stellen sie nicht her. Und vor allem pflegen wir keine Denktraditionen, die zur Entwicklung von Telefonen und Flugzeugen führen. Teil dieses philosophischen Rüstzeugs ist Aufmerksamkeit für Details, Verpflichtung zur Genauigkeit, eine Absage an *idea l'a need* und Aufmerksamkeit für den kreativen und wissenschaftlichen Geist der Dinge.

Abuja, Nigerias Hauptstadt, ragt wie eine modernistische Erscheinung aus der Sahelzone empor. Die Straßen sind breit und sauber, die Regierungsgebäude imposant in ihrer harten, leicht faschistischen Anmutung, die so typisch für Hauptstädte ist, von Washington, D.C., bis Brasilia. Die Nationalmoschee ist eine gigantische Science-Fiction-Fantasie, ein soeben

gelandetes außerirdisches Mutterschiff. Die National-
kirche, die kurz vor der Fertigstellung steht, türmt sich
auf wie eine stachelige modernistische Torte. Diese
Gebäude der Gottesverehrung, Konkurrenten im
Wettstreit um Prestige, sind die prägenden Silhouetten
der Skyline Abujas. Am Abend gehe ich mit Freunden
essen. Das thailändische Restaurant, in das sie mich
führen, ist geschmackvoll eingerichtet und steht vergleichbaren Restaurants in anderen Teilen der Welt in
nichts nach. Und entsprechend hoch sind die Preise.
Die meisten Nigerianer können sich das Essen hier
nicht leisten. Hinterher gehen wir bowlen. Die Bahnen
sind neonbeleuchtet, Beats hämmern, und um uns herum sind elegante junge Menschen. Sind das die Zeichen des Fortschritts? Ja, in gewisser Hinsicht schon.
Sie deuten auf einen Aufschwung hin, und mit der un-
ternehmerischen Freiheit ist die Hoffnung verbunden,
irgendwann der Armut zu entkommen.

Doch bisher ist der Fortschritt nur geliehen; es fehlen die ideologischen Verbindlichkeiten, die das Land
wirklich voranbringen würden. Der Präsident der Re-
publik ist unfähig, nicht permanent von Gott zu reden,
hierin ist er seinen Wählern nicht unähnlich. Sein
Lieblingsthema ist das »Image« des Landes. Präsident
Obasanjo glaubt, den größten Schaden erführe Nigeria
durch Leute, die das Land kritisierten. Kritik ist un-

patriotisch. Er beharrt darauf, der einzige Fehler sei es, auf Fehler hinzuweisen. Man sollte ausschließlich gute Dinge sagen. Schließlich sei keine Gesellschaft perfekt.

Die Gebäude und Straßen der Hauptstadt versprechen eine vernünftige und geordnete Gesellschaft, doch das Gegenteil ist der Fall. Selbst für alltäglichste Ereignisse werden übernatürliche Erklärungen herangezogen. Onkel Tunde erzählte mir neulich eine Geschichte über seinen Vater, ein heiterer und kettenrauchender Mann, der vor ein paar Jahren verstarb und dem ich als Kind zweimal begegnet war. Jahrelang schlief er nie ohne sein Lebenselixier ein: eine Flasche Guinness aus dem Vorrat, den er unter seinem Bett versteckte. Schließlich ist er im beeindruckenden Alter von einhundertsechs Jahren friedlich eingeschlafen. Doch nach seinem Tod gab es immer noch Familienangehörige, die munkelten, der Verstorbene wäre Opfer schwarzer Magie geworden. *Won se baba yen pa ni:* Jemand hat den alten Mann verflucht. Nichts hat natürliche Ursachen. Der Glaube an Magie und an die Kräfte des Bösen ist weit verbreitet. Und als wäre dieser Animismus nicht genug, breiten sich neuerdings die evangelikalen Christen im Lande aus, vor allem im Süden.

Deren Kirche ist eines der größten Wirtschaftsunternehmen Nigerias geworden, an jeder Straßenecke schießen neue Ableger und Gemeinden wie Pilze aus dem Boden. Diese Christen sind militant und predigen eine durchschlagskräftige Mischung aus Furcht vor der Hölle und Liebe zu finanziellem Erfolg. Viele der glühendsten Anhänger sind Oberschüler und Studenten. In ihrem Weltbild löst man das Problem von Flugzeugabstürzen mit einem Gebet. Jeder erwartet ein Wunder, und wem kein Wunder widerfährt, dem wird vorgeworfen, nicht stark genug zu glauben. Auch der Islam hat sich radikalisiert, vor allem im Norden, teilweise als Reaktion auf die evangelikale Kirche, teilweise aus internen Gründen. Einige der nördlichen

Bundesstaaten, etwa Zamfara, sind heute de facto Gottesstaaten. Dort gilt das islamische Religionsgesetz der Scharia. Meine Unterkunft in Abuja liegt gegenüber der offiziellen Vertretung von Zamfara, einem Bundesstaat im Nordwesten. Das unaufhörliche Wimmern aus der Moschee lässt mich die ganze Nacht kein Auge zutun.

Nigerias Realitätsverlust lässt sich wunderbar anhand von drei Meldungen ablesen, die kürzlich in den Weltmedien über das Land kursierten. Nigeria wurde zum religiösesten Land der Welt erklärt. Außerdem fand man heraus, dass die Nigerianer die glücklichsten Menschen sind, und laut Transparency International ist Nigeria 2005 das drittkorrupteste von einhundertneunundfünfzig Ländern. Religion, Korruption, Glück. Wenn alle so religiös sind, warum kümmert man sich dann so wenig um Menschenrechte und ein ethisches Zusammenleben? Und wenn alle so glücklich sind, warum dann dieser Überdruss und dieses unterdrückte Leiden? Fela Kutis prophetischer Song »Shuffering and Shmiling« bringt es immer noch auf den Punkt. Kuti war ein Streiter für die einfachen Menschen und zugleich ihr schärfster Kritiker. Er sprach offen über unsere Absurditäten. »Shuffering and Shmiling« handelte davon, dass man in Nigeria einem enormen Druck ausgesetzt ist, glücklich zu erscheinen, auch wenn man unglücklich ist. Unglückliche Menschen, zum Beispiel trauernde Mütter auf einem Protestmarsch, werden einfach beiseitegefegt. Es ist falsch, unglücklich zu sein. Und es gibt keinen Grund, sich in Details zu verlieren. Was zählt, ist die prinzipielle Idee.

24

Der Ojodu/Berger-Terminal ist durch einen staubigen, steilen Fahrdamm mit der Schnellstraße verbunden. Stündlich treffen hier Hunderte Busse und Autos aufeinander wie eine große Herde, die eine Furt durchquert und sich daranmacht, den gegenüberliegenden Hang zu erklimmen. Wenn man von hier aus zehn Minuten Richtung Süden fährt, kommt man zur alten Mautstelle an der Stadtgrenze von Lagos. An Tagen mit wenig Verkehr dauert es nicht lange, die Bezirke Alausa und Oregun zu durchfahren. Auf der Hochbrücke bei Ojota, wo sich die Ikorodu Road nach Süden erstreckt, so weit das Auge reicht, hat man einen Panoramablick über die dicht besiedelte Gegend, die sich unter einem ausbreitet: Autos, Molue-Busse, Danfos, Menschen. Immerwährende Bewegung. Ein vertrauter Anblick. Als wir in Opebi wohnten, bin ich diese Strecke Hunderte Male zur Schule gefahren. In meiner

Erinnerung verschmelzen die morgendlichen Fahrten nun zu einem einzigen, sehr plastischen Bild. Auf einer Plakatwand vor mir rekelt sich eine riesige Frau und säuselt mir zu: »Mit wem schläfst du heute Nacht?« Eine Werbung für Matratzen. Auf der Tafel daneben tanzen vergnügte junge Leute auf einer Party. Darunter steht: »Kein Wunder, dass Nigerianer die glücklichsten Menschen der Welt sind.« Es ist Werbung für den Tabakriesen British American Tobacco.

Während wir an Ojota vorbeifahren, sehe ich in einer Senke zu meiner Rechten noch etwas anderes: hohe Mauern mit Schutzwällen, die denen einer mittelalterlichen Burg nachempfunden sind. Von der Straße aus kann ich auch die dicht aneinandergebauten Häuser dahinter erkennen, die einen belebten Parkplatz umgeben. Am Eingang des Gebäudekomplexes steht an einem hoch aufragenden roten Tor: Chinatown. Chinatown in Lagos? Und tatsächlich wird uns hier erneut signalisiert: Das ist eine normale Stadt, oder zumindest eine Stadt, die Normalität anstrebt, vergleichbar mit New York, London, Vancouver und San Francisco mit ihren Chinatowns. Dieses hier erfüllt die Norm bis hin zu den chinesischen Schriftzeichen an den Fassaden. Die Chinesen sind angekommen. Überall sind sie zu sehen, als Händler, als Bauunternehmer, als Arbeiter. Lagos ist jetzt ihr Zuhause. Der Chinatown-Komplex wurde 1999 errichtet, dort verkaufen sie Stoffballen, elektronische Geräte, Küchenutensilien. Die Nigerianer kommen scharenweise, schon wegen der niedrigen Preise. Doch die Chinesen haben es nicht leicht. Die Händler haben enorme Schwierigkeiten, ihre Waren durch die nigerianischen Häfen einzuführen. Sie müssen saftige Schmiergelder zahlen, und die Lieferzeiten sind unberechenbar. Während meines Aufenthalts in Lagos lässt die Regierung vorübergehend alle Läden in Chinatown schließen, angeblich wegen Ermittlungen gegen einen CD-Kopierer-Ring.

Aber nicht nur die Chinesen sind neu in der Stadt. Aus aller Welt kommen Menschen, um von der neuerdings freien Wirtschaft zu profitieren. Inder, Libanesen, Deutsche, Amerikaner, Briten. Ich sehe sie in Restaurants, in Malls und auf den Märkten. Sie haben ihre eigenen Privatschulen, ihre eigenen Wohnsiedlungen. Als ich klein war, war der Anblick meiner Mutter noch etwas Außergewöhnliches. Immerzu wurde sie von Erwachsenen angestarrt und von kleinen Kindern als *oyinbo* beschimpft. Man sah auch sonst wenige Weiße, entweder traten sie sehr vereinzelt auf oder geballt, etwa in Ikoyi und auf dem Campus der Universität Lagos. Das ist heute anders. Heute kann man in Nigeria viel Geld verdienen, und die weite Welt, in all ihrer Farbenpracht, kommt hierher, um sich diese Chance nicht entgehen zu lassen. Der selbsternannte *giant of Africa*, so lange als schwieriges Land verschrien und für den Weltmarkt verschlossen, ist endlich geöffnet. Überall kann man diese Aktivität spüren, aufgestaute Energie, die freigesetzt wird, die Empfindung, dass es wirklich möglich ist, Geschäfte zu machen. Aber die Vergangenheit staut sich weiter an wie Flutwasser. Das sagt sich leicht, aber welche Vergangenheit meine ich überhaupt? Die nationale Vergangenheit, und vielleicht auch meine ganz persönliche Vergangenheit. Vielleicht gehören die beiden zusammen, so wie der kleine Abschnitt einer Küstenlinie, die sich, derselben Logik folgend, krümmt wie die Silhouette der gesamten Kontinentalplatte.

Auf dem klapprigen Peugeot 504 vor uns klebt ein Sticker mit einem lächelnden Gesicht und den Worten: »Entspann dich! Gott hat alles im Griff.« Ich frage mich, ob die kaum verhohlene Panik, die so viele Begegnungen hier prägt, darauf zurückzuführen ist, dass niemand irgendetwas im Griff hat und niemand für irgendetwas verantwortlich ist. Das Leben in Nigeria, insbesondere in Lagos, erfordert unablässige Wachsamkeit. Man kann durchaus lächeln dabei, aber entspannen: niemals. Meine Tante erzählt mir eine Geschichte, die das deutlich macht. Sie hatten einmal zwei Hunde, einen Basenji mit glänzendem Fell namens Zo und eine launische Hündin, die nach der Frau des damaligen Diktators Miriam Abacha getauft war. Beide Hunde starben am selben Tag. Meine Tante sagt, manchmal vergiften Räuber die Wachhunde, bevor sie in ein Haus eindringen. Sie werfen vergiftetes Futter über den Zaun. Sie hält es für unwahrscheinlich, dass ihre Hunde gleichzeitig eines natürlichen Todes gestorben sind. Sie müssen also vergiftet worden sein. Ich frage sie, wann das passiert sei. »Ein paar Tage vor deiner Ankunft«, sagt sie. Ich frage mich, ob die Armeen der Nacht schon wieder im Anmarsch sind. Der Gedanke ist so schrecklich, dass ich ihn nicht aussprechen kann.

Der Anblick der leeren Hundezwinger mit den rostenden Ketten verstört mich auf merkwürdige Weise. Es ist keine Angst, sondern etwas Diffuseres. Das Gefühl hält die ganze Zeit an, es ist unterschwellig da, während ich Verwandte und alte Freunde wiedersehe, es verstärkt sich, wenn ich die Stadt durchstreife und ernüchternde Eindrücke sammle. Mühen und Mangel. Ein Schwindelgefühl, inmitten der glücklichsten Menschen der Welt. Die guten Momente, die ein Leben ausmachen: In Nigeria erlebt man sie mit einer Vorahnung von Vergänglichkeit und Zerbrechlichkeit. Aber was, wenn alles, was geschehen soll, längst geschehen ist und wir nur die Folgen wahrnehmen? Der Gedanke ist noch beunruhigender. Jedes Mal, wenn ich nach Hause komme oder das Grundstück verlasse, muss ich an den Hundezwingern vorbei. Sie liegen direkt nebeneinander und sind in die Betonwände des Hauses eingelassen. Man kann sie nicht entfernen oder in die Erinnerung verbannen, und wie sie jetzt so offen stehen, sehen sie leerer aus als damals, als sie noch neu und unbewohnt waren.

25

Die Verbreitung neuer Fast-Food-Restaurants nach amerikanischem Vorbild überrascht mich. Bevor ich das Land Anfang der Neunzigerjahre verließ, gab es nur eine dieser Ketten, Mr Bigg's. Heute sieht man in jedem Stadtviertel mehrere, viele werden als Franchise-Unternehmen betrieben. Mr Bigg's und seine Hauptkonkurrenten Tantalizers und Sweet Sensation sind gut geführte Einrichtungen, die Mehlspeisen, Hamburger und nigerianische Spezialitäten anbieten. In der Regel sind die Räumlichkeiten so sauber wie ein beliebiger McDonald's; sie sind klimatisiert, die Toiletten sind intakt, und dank der zunehmenden Konkurrenz sind sie im Laufe der Jahre auch preiswerter geworden. Ursprünglich aßen nur die Reichen mit ihren Kindern bei Mr Bigg's, inzwischen sind die Preise der Fast-Food-Läden so, dass sie die Mittelschicht ansprechen. Ein bescheidener Triumph für die freie Marktwirtschaft und ein kleines Beispiel für etwas im neuen Nigeria, das richtig gelaufen ist. Bislang hat keine der großen amerikanischen Fast-Food-Ketten in Lagos eine Filiale eröffnet. Und niemand scheint sie zu vermissen.

Unweit vom Haus meiner Verwandten liegt ein Tantalizers. Von einem Heißhunger auf gepfefferte Schnecken und gedünsteten Spinat mit Melonenkernen getrieben, schleiche ich mich aus dem Haus und schwinge mich auf ein Motorradtaxi, das mich dorthin bringen soll. Das Motorrad ist perfekt, wenn man ein Gefühl für die Stadt bekommen will. Das Motorradtaxi, im Volksmund *okada* genannt (nach dem Mann, der es auf den nigerianischen Markt gebracht hat), hat den wohlverdienten Ruf eines außergewöhnlich gefährlichen Transportmittels. Die Passagiere müssen sich an der Taille des Fahrers festhalten, während der sich blitzschnell durch den Verkehr fädelt und seine zwei (häufig auch drei) Fahrgäste jeden Riss in der Straße mit ihren Körpern abfedern und den feinen roten Staub, der über der Stadt hängt, inhalieren lässt. Unfälle sind nichts Ungewöhnliches. Für die Frauen ist ein solcher Ritt im Damensitz zu gefährlich. Also ziehen sie ihre Röcke bis zu den Schenkeln hoch und setzen sich mit gespreizten Beinen auf die Maschine. Viele tragen Röcke oder traditionelle Wrappers. Trotzdem bleibt das Motorradtaxi das schnellste und preiswerteste Transportmittel für kurze Strecken in Lagos, und nicht einmal den Frauen scheint die damit verbundene vorübergehende Preisgabe ihrer Schenkel etwas auszumachen. Wiederholt drohte ein Verbot der *okada*, aber die große Beliebtheit des Motorradtaxis ist ungebrochen.

Auf dem Rückweg von Tantalizers entdecke ich am Straßenrand ein Schild mit der Aufschrift: »Bulletproof your glasses.« Machen Sie Ihre Brille kugelsicher? Zuerst denke ich an Clark Kent, dann dämmert mir, dass es sich um Werbung für verstärkte Windschutzscheiben handelt. Andere Schilder, aufgestellt von Kirchen oder Kräuterkundigen, verheißen biologische und insgesamt weniger wahrscheinliche Wunder: »Heilung über Nacht« oder »Heilung von AIDS und Unfruchtbarkeit«. Ungeachtet der allnächtlichen Enttäuschungen glauben die Leute wohl weiterhin an Wunder. Zu Hause angekommen, hole ich mir einen Eimer und mache mich an die Vorbereitung meines Bades. In dieser Jahreszeit muss man sich mindestens zweimal täglich waschen. Meistens übergieße ich mich sogar mehr als dreimal am Tag mit Wasser, um der Hitze Herr zu werden und den Staub von der Haut zu spülen. Die kühlende Flüssigkeit und das dunkle Badezimmer erzeugen sofort ein Gefühl tiefen Wohlbefindens. Der feine Schmutzpanzer löst sich auf. Braune Rinnsale laufen den Körper hinab und schieben sich in Richtung Abfluss. Die Welt ist wieder ruhig und klar.

Ich komme gerade aus dem Bad, da klingelt das Telefon. Es ist die Mutter von meinem Freund Seyi. Ich habe drei Bücher für sie von ihrem Sohn in New York bei mir. Mrs Aboaba ist eine namhafte Anwältin in einer Kanzlei auf Victoria Island. Doch ich habe ihr keine juristische Fachliteratur mitgebracht, sondern Tony Judts *Postwar*, Samantha Powers *A Problem from Hell* und als etwas abwegigen Dritten im Bunde ein Buch von Lynne Truss über Zeichensetzung: *Eats, Shoots and Leaves*. Mrs Aboaba bedankt sich, dass ich sie mitgebracht habe.

– Wollen Sie mir den Weg beschreiben, *ma*? Ich könnte die Bücher am Wochenende vorbeibringen.

– O nein, das machen wir anders. Das ist zu weit, das kann ich dir nicht zumuten. Ich schicke jemanden, der sie abholt.

– Sind Sie sicher, *ma*?

– Ja, so machen wir das. Bist du heute Nachmittag zu Hause? Gib mir die Adresse, ich schicke jemanden aus dem Büro vorbei.

Eine Stunde später klingelt es. Am Tor steht ein Mann mit hochgekrempelten Ärmeln, das Hemd korrekt in die Bundfaltenhose gesteckt. Er ist schmächtig und hat scharfe Gesichtszüge. Er ist eher hellhäutig, und meine Vermutung, dass er ein Ibo ist, wird bestätigt, als er sich vorstellt: Sein Name ist Chinedu. Ich heiße ihn willkommen und geleite ihn hinauf ins Wohnzimmer.

Wir sitzen am Esstisch und machen Small Talk. Er hat den Danfo genommen, über die Third Mainland Bridge und quer durch die Stadt. Die Fahrt sei angenehm gewesen, sagt er, denn die morgendliche Rushhour sei schon vorüber gewesen und der Feierabendverkehr habe noch nicht angefangen. Ich frage ihn, ob er etwas trinken möchte, und er nickt. Er muss Ende zwanzig sein, wirkt aber, abgesehen von einem faulen Zahn, viel jünger. Er hat etwas von einem Schuljungen. Ich reiche ihm eine Pepsi-Dose. Sein Lächeln verrät seine Begeisterung. Mir fällt wieder ein, dass Getränke in Dosen in Nigeria mehr kosten als Flaschen, in den USA ist es umgekehrt. Die Dose muss ihm vorkommen wie ein Luxus. Ich möchte ihm nicht beim Trinken zusehen, aber es gibt nichts anderes zu tun. Er nimmt einen kleinen Schluck. Und als wolle er klarstellen, dass er nicht nur der Bote ist, sagt er:

– Eigentlich bin ich Referendar, ich habe studiert. Also, nicht einer von den wichtigen Leuten im Büro, auf keinen Fall, aber wir helfen bei der Aktenablage und machen Recherchen.

Und manchmal müssen sie auch Botengänge erledigen, aber das sagt er nicht. Seine schüchterne Art ist sichtlich aufgesetzt. Irgendetwas hält ihn davor zurück, seiner natürlichen Redseligkeit freien Lauf zu lassen. Ich möchte ihn fragen, ob er verheiratet ist, ob er Kinder hat. Ich frage mich auch, was sonst noch auf diesen schmalen Schultern lastet. Aber ich beschließe, keine Fragen zu stellen. Er sagt:

– Also, ich muss dann mal wieder.

Er hat noch nicht ausgetrunken. Ich packe Mrs Aboabas Bücher in eine Plastiktüte und reiche sie ihm. Wir gehen hinaus. Es ist ein wolkenloser Tag, und der weiße Beton leuchtet in der Sonne. Unsere Schatten hüpfen vor uns her. Chinedu beginnt sofort zu schwitzen. Ich transpiriere nicht so leicht, aber das Gefühl der Abkühlung nach dem Bad ist verflogen. Und während wir langsam zum Tor laufen, vorbei an den offenen, leeren Hundezwingern, danke ich ihm. Er lächelt und sagt erneut »Eigentlich«, dann hält er inne und sucht nach den richtigen Worten. Seine Augen leuchten, als er sagt:

– Ich möchte keine, also, Umstände machen.

– Das machen Sie nicht.

– Was ich meine, also … ich möchte nicht, dass meine Chefin unzufrieden ist mit mir. Wenn Sie ihr vielleicht nicht erzählen würden …

Ich nicke und versichere ihm, dass ich keine Absichten hätte, seiner Chefin Bericht zu erstatten, und fordere ihn auf, frei zu sprechen.

– Also, ich wollte nur sagen, Sir, ich bin so froh, Sie getroffen zu haben. Ich habe so oft von Leuten gehört, die dorthin gegangen sind, also nach Amerika. Aber ich hatte nie Gelegenheit, mit einem zu sprechen. Das ist mein Glückstag.

Er schweigt und sieht mich forschend an. Er hat nicht aufgehört zu lächeln. Dann fährt er fort:

– Eigentlich würde ich Sie gern kennenlernen. Also, ich meine, ich würde mir wünschen, dass wir uns kennenlernen. Vielleicht habe ich irgendwann die Chance, nach Amerika zu gehen, wenn ich Sie kenne. Wenn wir uns richtig kennen, also wie Freunde.

Er erinnert mich an Leonard Bast in *Wiedersehen in Howards End*. Diese feine Wahrnehmung der sozialen Kluft und die Hoffnung, sie mit Begeisterung und Einsatz überwinden zu können. Nur zu gut erinnere ich mich an meine ersten Jahre in den USA, an jene quälenden Situationen sozialer Unterlegenheit, als ich der Leonard Bast für die anderen war. Diese Scham, die daher rührt, dass man sicher ist, etwas Besseres zu verdienen. Und hier leben Millionen Menschen, die, ob gerechtfertigt oder nicht, dasselbe fühlen: Sie verdienen etwas Besseres. Wir erreichen das Tor, ich klinke die Tür auf.

– Ich kann das gut nachvollziehen. Ich weiß, was Sie meinen.

– Oh, Sir, das freut mich sehr. Wie gesagt, eigentlich freue ich mich nur, Sie kennenzulernen. Vielleicht könnten wir Telefonnummern austauschen und in Kontakt bleiben. Oder vielleicht die E-Mail-Adresse? Wenn das für Sie okay ist.

– Kein Problem. Es ist nur so, Chinedu, ich muss sowieso vor meiner Abreise noch einmal zu Mrs Aboaba ins Büro. Dann können wir immer noch unsere Daten austauschen. Also, keine Eile. Dieses Telefon hier gehört nämlich meiner Tante. Später ist es also besser.

– Okay. Also, das ist gut. Dann hoffe ich, Sie bald wiederzusehen. Ich bin jeden Tag dort.

– Und keine Sorge. Ich werde Ihrer Chefin nichts sagen. Und nochmals danke schön fürs Abholen der Bücher. Dann bis bald?

– Ja, auf jeden Fall, ja. Vielen Dank.

Ich schüttle ihm die Hand, wohl wissend, dass ich ihn nie wiedersehen werde. Er lächelt noch immer, die strahlend weiße Zahnreihe unterbrochen von jenem einzelnen maroden Schneidezahn. Er scheint noch etwas sagen zu wollen, doch er überlegt es sich anders. Wir nicken und lächeln uns wortlos zu und winken zum Abschied. Er läuft den ungepflasterten Weg hinunter, der zum Eingang der Wohnsiedlung führt. In einigen Minuten wird er die Bushaltestelle erreichen und sich wieder mit der Masse derer vereinigen, die etwas Besseres verdienen und auf ein Wunder warten. Er läuft mitten auf der Straße und hält ein gleichmäßiges Tempo. Ich blicke ihm lange nach, bis seine Gestalt, Schritt für Schritt, hinter den kleinen Staubwolken verschwindet. Nach einer Weile ist dort nur noch die Straße.

26

Drei Tage lang bin ich im Fiebernebel, und als der Dienstag kommt, der siebenundzwanzigste Dezember, der Tag meines gebuchten Rückflugs, liege ich im Bett und leide Höllenqualen. Mir ist abwechselnd heiß und kalt, halbnackt bin ich unter einem Haufen schwerer Decken zusammengekrümmt, schwitzend und fröstelnd, mit schmerzenden Gelenken. Die hohe Dosis Coartem scheint zwar die Symptome zu lindern, aber das Medikament hat starke Nebenwirkungen. Ich kotze alles Flüssige wieder aus, vor allem den Haferbrei vom Frühstück. Ständig renne ich auf die Toilette, um mich zu entleeren, auch mein Stuhl ist flüssig. Mein Körper versucht verzweifelt, die Krankheitserreger loszuwerden. Ich nehme Thalazole gegen den Durchfall und Mefloquine gegen Malaria. Ich höre Schritte, schwere Atemzüge, das Kreischen einer Klinge, die Stein schneidet, und das dumpfe Flattern eines großen

Mantels. In den schlimmsten Momenten des Fieberwahns denke ich: Er kommt, um mich zu holen. Aber der Gedanke verfliegt, und die Halluzinationen auch.

Am späten Vormittag bekomme ich Besuch ans Krankenbett. Oluwafemi kenne ich aus meiner Zeit in Zaria, er war eine Klasse unter mir. Wie die meisten anderen Freunde, die ich seit einem guten Jahrzehnt nicht gesehen habe, ist er beeindruckend groß geworden. Er macht derzeit sein Berufspraktikum als Anwalt und hat den Ehrgeiz, eines Tages seine eigene Anwaltskanzlei in Lagos zu eröffnen.

– Ich habe Malaria.

– Nein, sag das nicht.

Ich bin verwirrt.

– Was meinst du damit? Ich habe Malaria.

– Ich meine, dass ich so etwas nicht sage: »Ich habe Malaria.« Die Zunge ist ein sehr machtvolles Instrument.

– Schön und gut, aber Tatsache ist, mein Lieber, ich habe tatsächlich Malaria. Und deshalb sage ich es. Seit vierundzwanzig Stunden leide ich wie ein Hund.

– Indem man es sagt, wird es Realität. Du bist nicht krank.

Ich möchte mich wirklich nicht mit ihm streiten. Also eile ich aufs Klo, um einen plötzlichen Drang zu lindern. Als ich wieder ins Bett krieche, sage ich:

– Eine weibliche Anopheles-Mücke hat mich erwischt. Das ist eine Tatsache. Und in diesem Augenblick denaturiert der Plasmodiumparasit meine roten Blutkörperchen, dadurch wird es Realität. Und je schneller ich das zugebe, umso schneller kann ich gesund werden, Oluwafemi. Es hat wirklich keinen Sinn, wider faktisches Wissen zu reden.

Ich sehe ihn forschend an, finde aber keine Zeichen von Einsicht in seiner Mimik. Er schüttelt nur den Kopf, als würde er mich dafür bemitleiden, dass ich in meinem wissenschaftlichen Weltbild gefangen bin. *Entspann dich! Gott hat alles im Griff.* Und in seiner Haltung finde ich endlich den Schlüssel zu so vielem, was mir in den vergangenen Wochen aufgefallen ist. Die Vorstellung, dass etwas Realität wird, weil man es sagt, dass die Gesetze der Einbildungskraft stärker sind als alle anderen. Und natürlich sieht Oluwafemi sich bestätigt, er strotzt schließlich vor Gesundheit, und ich Ungläubiger, der seine Zunge nicht im Zaum halten kann, liege unter den feuchtkalten Laken.

Mein Körper kämpft noch gegen die Krankheit, als ich am Flughafen ankomme. Ich habe Fieber und absolut keine Lust zu reisen. Ich überlege, ob ich den Flug stornieren soll. Beim Check-in fragt mich der Angestellte etwas angesäuert, ob ich etwas für ihn habe. Dollar vielleicht, Naira. Nein, sage ich, und zeige ihm meine leeren Handflächen, nichts. Mein Gepäck wird nach verbotenen Waren durchsucht und mit dem Aufkleber versehen. Ein Gepäckträger nimmt fröhlich meine Koffer entgegen. Irgendwas für mich, möchte er wissen, nur eine Kleinigkeit? Nein, heute leider nicht, nichts. Ich laufe durch die Sicherheitskontrollen und dann Richtung Gate. Phosphoreszierende Lampen entlang der Glasfronten des Terminals scheinen in der Dämmerung, bis ich vom breiten Gang des Hauptgebäudes in den schmaleren, fensterlosen Tunnel abbiege, der direkt ins Flugzeug führt. Ich gehe zu meinem Sitz und schnalle mich an. Auf meiner Stirn bilden sich Schweißtropfen und verdampfen sofort. Um mich herum herrscht das übliche Chaos, Leute mit zu viel Handgepäck, Diskussionen über Sitzplatzreservierungen. Trockene Luft schießt durch die Luftdüsen über mir, und man spürt den steigenden Druck in der Kabine. Das Wort »Zuhause« liegt mir im Mund wie unvertrautes Essen. Ein so einfaches Wort, dessen Bedeutung so schwer zu bestimmen ist. Wir haben Lagos noch nicht verlassen, und schon zieht mich wieder etwas zurück in diese Stadt, in dieses Land. Nachdem alle eingestiegen sind, jeder angeschnallt auf seinem Platz sitzt und die Gepäckablagen geschlossen wurden, stehen wir noch eine halbe Stunde auf der Rollbahn. Dann, endlich, und ohne weitere Erklärung vom Flugpersonal, bewegen wir uns. Ich lehne meinen Kopf an das kleine Fenster.

Das Flugzeug wirft Ballast ab und erhebt sich über die Stadt, über die unzähligen kleinen Lichtpunkte, die wie Sterne über der Landschaft verstreut liegen, steigt langsam in den Harmattan und die wolkenlose Nacht, verringert den Druck und dringt tief in den Äther ein, bis in der Dunkelheit unter uns nichts mehr zu sehen ist als die dunkle Krümmung der Erde.

27

Alles ist Schnee. Er nimmt den Straßen ihre Konturen und dämpft ab, was hinter dem Fenster passiert. In der warmen Wohnung reagiert mein Körper noch immer auf die Zeitumstellung. Es ist fünf Uhr morgens, und ich kann nicht schlafen. In der Hand halte ich eine Tasse Tee. Ich sitze da, und eine Erinnerung an Lagos kommt, ein Moment meiner kurzen Reise, der aus der Zeit ragt.

Ich bin wieder dort, in der Nähe der St. Paul's An- glican Church in Iganmu, wo Gebäude im Kolonial- stil neben provisorischen Schuppen verfallen und gegenüber der ungepflegten Fassade des Government- Press-Gebäudes die Glastüren einer Mr-Bigg's-Filiale funkeln. Hier verliert die Stadt ihre kartografische Eindeutigkeit, sie ist pfadlos wie eine Wüste. Es ist Donnerstagnachmittag und sehr heiß. Überall hart arbeitende Menschen, und ich laufe ziellos durch die

Straßen. Haus für Haus lese ich dieselbe aufgemalte Botschaft, unmissverständlich und doch verblüffend: »Nicht zum Verkauf.« Kleine Gassen schlingen sich ineinander wie Aale in einem Korb. Keine zwei Straßen verlaufen parallel. Wenn ich meinen Orientierungssinn verliere, wird mir mulmig zumute. Die fehlende Kenntnis meines Standorts setzt mich Gefahren aus, und immer besteht das Risiko, mit Feindseligkeit konfrontiert zu werden. Andererseits muss ich meine Sicherheiten aufgeben, damit ich die Stadt in ihrer reinen Erscheinung erleben und mich treiben lassen kann, ohne zu wissen, was mich hinter der nächsten Straßenecke erwartet.

Ich bin in einem Labyrinth. In einem Labyrinth, und nicht in einem Irrgarten: Ich hatte bisher nie über den Unterschied nachgedacht, aber jetzt verstehe ich ihn plötzlich. Die verschlungenen Gänge eines Labyrinths führen schließlich zu einem Mittelpunkt, an dem der Sinn offenbar wird. Ein Irrgarten dagegen ist voller Sackgassen, Einbahnstraßen und falschen Wegweisern; im Irrgarten waltet der Trickstergott. Als ich in eine kleine sonnendurchflutete Straße im Herzen des Viertels einbiege, habe ich plötzlich das Gefühl, aus einem Grund hier zu sein. Es kommt mir vor wie eine Rückkehr, wie ein Mittelpunkt, obwohl ich hier noch nie gewesen bin. Es ist eine Gasse voller Boote, sie lagern dort. Ihre Buge ragen aus den Erdgeschossen der Häuser hervor, die sich auf einer Straßenseite reihen. Die meisten Häuser haben zwei oder drei Stockwerke, und die Gasse selbst ist höchstens hundertfünfzig Meter lang. Weil die Sonne so hoch steht und ich nicht genau weiß, wo ich bin, kann ich nicht mit Bestimmtheit sagen, ob die Straße nach Norden oder Süden zeigt. Auf der den Häusern gegenüberliegenden Seite stehen drei große Bäume, dahinter verläuft eine Betonmauer. Im Schatten der Bäume spielen Kinder. In einem großen Trog kocht eine Frau Bohnen. Diese Straßenseite liegt im Halbschatten. Während ich die Straße weitergehe oder vielmehr in sie hineingezogen werde, so wie man vom breiten Sog der zurückweichenden Flut mitgezogen wird, sehe ich, dass die spitzen Gebilde, die aus den Häusern ragen, gar keine Boote sind, sondern Särge; Dutzende von Särgen, in verschiedenen Größen und Fertigungsstadien, dargeboten in sachlicher und unsentimentaler Anordnung.

In der engen Gasse sind keine Autos geparkt, nur ein paar Motorräder. Aber es ist sehr viel los. Männer mit nackten Oberkörpern oder in weißen Unterhemden bearbeiten mit Sägen, Hobeln und anderen Schreinerwerkzeugen Holz. Ihre Körper glänzen im Halbschatten der Werkstätten. Es sind sehr viele, es muss sich um eine Art Zusammenschluss handeln:

Hier verrichten sie ihre Arbeit, und hier leben sie mit ihren Familien. Aber soweit ich sehen kann, stellen sie nur ein Produkt her: Särge. Keine Stühle, keine Tische, keine Kleiderschränke oder andere Möbel. Nur Särge, einige weiß gestrichen, andere hochglanzlackiert und wieder andere, die noch auf ihren Anstrich warten. Einige breite Planken lehnen an der gegenüberliegenden Mauer. Auf einem Arbeitsbock ruht ein dunkelglänzender Sarg, der mit seinen Messinggriffen so prachtvoll und fehl am Platz wirkt wie ein im Ghetto geparkter Rolls-Royce. Er ist halb geöffnet und enthüllt sein gepolstertes Innenleben aus exklusivem weißem Satin: eine Einladung zum Schlafen.

Am liebsten möchte ich die Szene mit meiner kleinen Kamera festhalten. Aber ich traue mich nicht. Ich habe Angst, die Schreiner könnten aus ihrem meditativen Tun gerissen werden und zu mir aufblicken; Angst, etwas auf Film zu bannen, was nur für die Erinnerung bestimmt ist, oder für einen Seitenblick, dem sogleich das Vergessen folgt. Ein hochgewachsener Mann mit einer himmelblauen Mütze bewegt seine Arme in regelmäßigem Rhythmus über einer buttergelben Planke, vor und zurück. Seine Arme sind schlank und schwarz, und er hält ein Auge bei der Arbeit geschlossen. Die Späne fallen in einen Kasten zu seinen Füßen. Er steht bis zu den Knöcheln in diesen weichen Holzresten, die mich bereits als Sieben- oder Achtjähriger fasziniert haben. Ich erinnere mich an den Schreiner, der unsere Möbel machte, an die Haufen von Holzspänen in seiner Werkstatt und den süßen, öligen Duft, den sie absonderten, ein Aroma, das zur spielerischen Natur des Materials passte, jenen goldenen Locken, die den Baum, von dem sie stammten, zu transzendieren schienen.

Diese kleine Straße mit ihrer offenen Kanalisation und den durchgerosteten Dächern besitzt eine Würde. Hier wird nichts gepredigt. Die Anwohner dienen schlicht dem Leben, indem sie den Toten den Weg bereiten; die Geschicklichkeit ihrer Arbeit ist nur einen Moment lang sichtbar und bleibt dann für immer verborgen. Ein unheimlicher Ort, diese Werft des Charon, und doch spürt man seine belebende Reinheit. Belebend, aber nicht gerade freudvoll. Eine Geschlossenheit eher, die tröstliche und feste Gewissheit, dass alles seinen Platz in einer tief strukturierten Ordnung hat, und dieses Gefühl ist so stark, dass ich verharren will, als ich das Ende der Gasse erreiche und zu meiner Rechten den Weg hinaus aus dem Labyrinth, zurück ins normale Gewühl der Stadt erblicke. Ich möchte nicht gehen, doch ich weiß, dass ich nicht bleiben kann.

Von der schattigen Straßenseite her kommt das Geschrei der Kinder, die mit dem Rad eines alten Fahrrads spielen. Ein kleines Kind fühlt sich ausgeschlossen und beginnt zu weinen, dann schwingt seine große Schwester es in die Höhe und kitzelt es durch, bis es vor Freude gurgelt. Die Frau rührt in ihren Bohnen und tippt mit dem Finger hinein, um sie abzuschmecken. In diese Straße kommen die Menschen des alten Lagos, quer durch alle sozialen Schichten, wenn jemand gestorben ist. Sie kommen mit großem Tamtam, wenn es eine alte Person war, bestellen den teuersten Sarg, um ein langes Leben zu würdigen, mieten das Fußballfeld einer Schule, schmeißen eine große Party mit Baldachinen, Musik und farbenfrohen Outfits. War es jedoch ein junger Mensch, der dem Leben vor seiner vollen Blüte entrissen wurde, dann werden die Bestattungsriten im stillen Schatten des Leids abgehalten: ein simpler Kasten, kein Schnickschnack, eine Nachmittagsbestattung an einem gewöhnlichen Werktag, mit bitteren Tränen, die nicht künstlich sind, ohne die Eltern und deren Freunde, denn die Alten sollen nicht zusehen, wenn die Jungen begraben werden. Ich bin mir sicher, die Schreiner haben all das gesehen. Und vielleicht sind es ihre Frauen, die in den Hinterzimmern der bescheidenen Häuser die Körper für ihre letzte Reise präparieren, die das waschen, was von einer Mutter, einem Vater oder einem Kind geblieben ist, die ihre schweren Glieder in neue Kleider einpassen, die Gesichter mit Talkum pudern und Kokosöl in Haare und Kopfhaut reiben.

TEJU COLE, geboren 1975, wuchs in Lagos auf. Er ist Schriftsteller, Kritiker, Kurator und Fotograf. Für seine Bücher, darunter der Roman *Open City*, erhielt er zahlreiche Preise, unter anderem den PEN/Hemingway Award, den New York City Book Award, den Windham Campbell Prize und den Internationalen Literaturpreis. Teju Cole ist derzeit Professor für Kreatives Schreiben an der Harvard University. Er lebt in Cambridge, Massachusetts.

Von Teju Cole sind in unserem Hause außerdem erschienen:
Tremor · Open City